老梁讲古诗词

梁宏达　大红妈妈　著

春卷

台海出版社

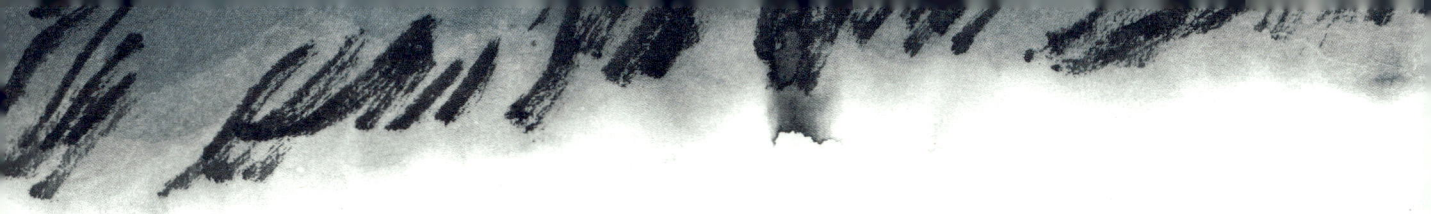

目录 | CONTENTS

扫码听音频

长歌行

汉·《汉乐府》

青青园中葵，朝露待日晞。

阳春布德泽，万物生光辉。

常恐秋节至，焜黄华叶衰。

百川东到海，何时复西归？

少壮不努力，老大徒伤悲！

〔释义〕

菜园里长满了葱绿的葵菜，

日出东方，晶莹的露珠很快被阳光晒干。

春天把希望洒满了大地，

花草树木欣欣向荣，瞬间一派生机盎然。

时常担心秋天将要来到，

那时候花草树木都要凋落枯黄。

千百条江河向东奔流汇入大海，

什么时候见过有向西流回来的？

年少的时候如果不珍惜时间，努力向上，

到年老的时候，只能是白白地悔恨与悲伤。

【老梁解读】

这首《长歌行》是一首汉乐府诗歌，虽然是从民间采集上来的，但是它的艺术水准非常高，丝毫不逊于文人的专业创作。

这首诗歌的视角是很独特的，它先是从小小的葵菜开始，"青青园中葵，朝露待日晞"，葵菜在春天的时候，"阳春布德泽，万物生光辉"。我们看着它很茂盛、很漂亮，可是转眼间，"常恐秋节至，焜黄华叶衰"，到秋天它就衰败了。所以一个植物自然生长的过程，引起了诗人的慨叹，诗人用它来说明什么呢？说明美好的时光过去了，就不会再回来。

然后由这个思想再往深处理解，说到了"百川东到海，何时复西归"。大江大河向东注入大海，什么时候见过它们回流过，所以更加把时光一去永不回这个立论给夯实了，然后上升到人生高度，"少壮不努力，老大徒伤悲"。这两句到今天恐怕是妇孺皆知、脍炙人口了，我们每个中国人都知道它说的是什么意思。

所以我们来看这首诗，逻辑思维是非常缜密的：从小小的葵菜，扩展到大江大河；从自然界的状态，拓展到人生哲学的高度。

不仅逻辑严密，而且整个叙事如同行云流水一般。这是在汉乐府诗歌里面，少有的一部反映人生境界的精品。

"少壮不努力，老大徒伤悲"怎么理解呢？咱们现在很多小读者有了不同的理解。

一般认为诗人的意思就是人应该趁年轻努力学习、努力读书、努力工作，不然，我们岁数大了就会很伤悲、很遗憾。

但现在很多人又有另外一个理解：我们年轻的时候要不疯狂，要不趁着青春好年华玩够了，等到我们岁数大了，就玩不动了。就算有钱了也玩不动，那岂不是更遗憾？

这种说法不是没有一点道理，但是有这种想法的小读者可能没有想过一个问题：自在不成人，成人不自在。人要想过好的日子，就得付出一些努力，那么人在年轻时遭点罪、付出点努力，其实都是不要紧的。为什么呢？因为年轻时我们的身体好，能扛得住压力。可是如果年轻的时候不努力，到年龄大的时候，再想过点好日子，可能就吃不了苦了。

所以这就是人生，为了获得好的生活，必然有一段时间要让自己吃苦，要摒弃吃喝玩乐的想法。那么我们的读者是年轻的时候这样做呢，还是岁数大的时候这样做呢？这个账大家要算明白。

因此，对这首诗我们要这样思考：人生在世其实是个很均衡的过程，一句话，就是我们吃亏的时候要想到收获，我们收获也不要忘了会有吃亏的那一天，所以这个账要算清楚，我们的人生就会过得更加清醒。

【大红妈妈领读】

扫码听音频

渔歌子

唐·张志和

西塞山前白鹭飞，
桃花流水鳜鱼肥。
青箬笠，绿蓑衣，
斜风细雨不须归。

〔释义〕

西塞山前白鹭在展翅翱翔，

桃花盛开，江水初涨，这时节鳜鱼长得正肥。

渔翁头戴青箬笠，身披绿蓑衣，

在斜风细雨中流连忘返。

【老梁解读】

张志和这首《渔歌子》可以和柳宗元那首《江雪》对照着来看。柳宗元写"千山鸟飞绝，万径人踪灭。孤舟蓑笠翁，独钓寒江雪"。张志和写"桃花流水鳜鱼肥"。一样的钓鱼，一个是淡季，一个是旺季；一个是很凄苦的场景，一个是欢快的画面。

看这首诗，"西塞山前白鹭飞，桃花流水鳜鱼肥。青箬笠，绿蓑衣，斜风细雨不须归"。它构建了一个场景：水在流，鹭在飞，雨在下，风在吹，看着虽然也是风风雨雨，但绝不凄苦。这里的"风"是"吹面不寒杨柳风"的风，这里的"雨"是"春雨贵如油"的雨，所以这是一个非常和谐的画面。

作者张志和是唐代诗人，他的写诗生涯大半是在隐居状态下度过的。他有个别号叫"烟波钓徒"，专门在好的地方隐居，天天钓鱼、喝酒。从他的隐居生活能看得出来，他确实是一个淡泊功名利禄的人，他就是喜欢这样的日子，所以才能把美好的感情和美好的场景融合到一块。

这首诗被称为情景交融、内心世界和外部世界天人合一的代表作。后来到了北宋，苏东坡把这首诗改成《浣溪沙·渔父》，改得也非常美："西塞山边白鹭飞，散花洲外片帆微，桃花流水鳜鱼肥。自庇一身青箬笠，相随到处绿蓑衣，斜风细雨不须归。"各位读者可以品评一下，到底是苏东坡改得好，还是张志和的原作更胜一筹？

咏 鹅

唐·骆宾王

鹅，鹅，鹅，
曲项向天歌。
白毛浮绿水，
红掌拨清波。

〔释义〕

一只只雪白的鹅，弯曲着脖子，对着蓝天高歌。
洁白的羽毛漂浮在碧绿的水面上，
鲜红的脚掌轻快地划动着清水波。

【老梁解读】

《咏鹅》恐怕全国的小朋友都会背，因为它对孩子来讲太生动了，一读到它眼前就会浮现出一幅生动的画面。

"鹅，鹅，鹅，曲项向天歌。""鹅、鹅、鹅"三个字，不光使大家会想象到大白鹅的形状，同时也能听到声音。因为鹅的名字和它的叫声有直接关系，鹅的叫声就类似于"鹅、鹅、鹅"这三个字的发音，所以这既是形又是声。

"白毛浮绿水，红掌拨清波。"你闭着眼睛想象，"白毛"、"绿水"、"红掌"、"清波"，白、红、绿、清，多么漂亮的一个画面，色彩非常艳丽丰富。所以读到这首诗，我们马上会想到水乡动物活泼的形态。

这首诗是唐代大诗人骆宾王 7 岁时写的，骆宾王是初唐四杰 "王杨卢骆"之一，王勃、杨炯、卢照邻、骆宾王，虽然骆宾王排在后边，但很多人认为，论才气他得排第一。

骆宾王的大才在当时是得到了认定的，骆宾王曾经当时跟着开国元勋英国公李勣的嗣孙徐敬业造反，反对大周皇帝武则天篡夺李唐江山。骆宾王写了一篇《为徐敬业讨武曌檄》，就是讨伐武则天的一篇檄文。

骆宾王的檄文里面有很多名句，"一抔之土未干，六尺之孤何托？""试看今日之域中，竟是谁家之天下！"等等。武则天看了这篇骂她的文章，虽然也觉得骂得很难听，可是却被骆宾王的才气吸引了，认为这个文章写得真好。读完之后感慨：这么大的一个人才，这么优秀的人才，朝廷居然没笼住，让他跟那些造反的人跑了，这是宰相的失职。

　　这件事足以看出骆宾王在政治和文学上的才能，连武则天也为之折服，同时也能看出武则天的胸襟。

【大红妈妈领读】

扫码听音频

春 晓

唐·孟浩然

春眠不觉晓，
处处闻啼鸟。
夜来风雨声，
花落知多少。

〔释义〕

春夜睡得多么香甜，不知不觉天已经亮了，

到处能听到小鸟们欢快的鸣叫。

昨天夜里，似乎有风吹雨打的声音，

不知道又有多少娇美的花朵被风雨吹打掉了。

【老梁解读】

　　"春眠不觉晓，处处闻啼鸟。"很多人读孟浩然这首诗的时候，就好像大清早起来之后，入眼一片生机盎然，觉得这首诗表现的情绪比较乐观，其实并不是这样。

　　这首诗是一首伤春、惜春的诗。"夜来风雨声，花落知多少"，意思是半夜一场急雨，把很多枝头的花朵都打到地上，孟浩然面对此情此景感到惋惜，甚至痛心。

　　孟浩然和王维齐名，写诗历来以清新淡雅著称，给人诸事不挂在心上、完全顺应自然界的感觉，为什么这首诗会如此呢？

　　孟浩然晚年的诗句确实是以云淡风轻为主的，李白非常推崇孟浩然，他曾写道："吾爱孟夫子，风流天下闻。红颜弃轩冕，白首卧松云。"把孟浩然比作一个离世独居的老神仙，但孟浩然的这种状态并不是天生的，是他经历过很多次挫折和摔打之后，无可奈何地选择了悠闲的心态。而最初的青年时代，孟浩然也是热衷于功名的。

　　孟浩然曾经有首诗说"欲济无舟楫，端居耻圣明。坐观垂钓者，徒有羡鱼情"。讲的是他看着垂钓者非常羡慕，于是自己也想有一把钓竿，这钓竿就是权力的象征，说明他是想当官、想当大官的。

但是仕途失意之后，孟浩然对这些功名利禄就有点儿看淡了。孟浩然不是心中不存"名利"二字，他是经历了打击之后才视名利为虚幻。从境界上来讲，他毕竟和那些离群独居、超然世外的隐士要差了一筹。所以从一首诗里边也能看到他对世间万物的态度，其实就是对他自身的态度。

咏 柳

唐·贺知章

碧玉妆成一树高，

万条垂下绿丝绦。

不知细叶谁裁出，

二月春风似剪刀。

〔**释义**〕

像绿石般青绿色的嫩叶把柳树装扮得多么俊俏，

长长的柳条随风舞动，就像垂下的千万条绿色丝带。

不知道这细嫩的柳叶是谁的巧手剪出来的呢？

二月的春风就像一把神奇的剪刀。

【老梁解读】

　　这首诗最出名的是后两句："不知细叶谁裁出，二月春风似剪刀。"大家可以想象：春天，柳树很快绿叶满枝头，柳叶一片一片非常整齐。诗人发现了这个现象，就觉得二月里的春风好像剪刀一样，把这柳叶整整齐齐地裁成现在的模样。由此可见，诗人观察生活非常仔细，而且想象力特别丰富，由此可见诗人本身是个非常热爱生活的人。

　　这首诗的作者贺知章号"四明狂客"，为人比较豪放，喜欢喝酒、交朋友，是一个对生活充满热爱的诗人。当年的李白以一个青涩少年的身份来到长安城，贺知章立即敏锐地发现李白很有才，他看了李白的《蜀道难》之后，大为佩服，说这绝对是个了不起的人，于是约见李白。看到李白就说：你是谪仙人。就是说天上的神仙下凡了，于是拽着李白，到长安街上的酒楼喝酒。

　　可是喝完酒发现一个问题，没带酒钱，这时候贺知章就从身上摸出来一个小物件——金龟。唐朝时官员根据品级在他们的身上都佩带一些饰品，贺知章这个品级佩带着一个很值钱的金龟，就拿这个金龟要当酒钱。李白很不好意思，说："你看，怎么好意思让你拿这个官府上的信物来当酒钱呢？"贺知章说："没事，咱是朋友，无所谓。"

　　后来，贺知章又向唐玄宗推荐了李白，李白这样才得以接近唐玄宗，成就了名闻天下的诗名。所以李白在回忆这段交往时，也是很感激贺知章的，认为这个老人对自己确实是提携有加。后来贺知章去世后，李白写下一首带有回忆性的诗："四明有狂客，风流贺季真。长安一相见，呼我谪仙人。昔好杯中物，翻为松下尘。金龟换酒处，却忆泪沾巾。"

次北固山下

唐·王湾

客路青山外，行舟绿水间。

潮平两岸阔，风正一帆悬。

海日生残夜，江春入旧年。

乡书何处达？归雁洛阳边。

〔释义〕

客行在北固山前，泛舟于微波荡漾的绿水间。

潮水涨满，两岸更显开阔；顺风行船，白帆高高扬起。

夜幕将要褪尽，旭日初升海上；一年未尽，江南的春天已经到来。

家书怎样才能送达？希望北归的大雁捎到洛阳去。

【老梁解读】

这首诗名字叫《次北固山下》，"次"是到达、停留的意思。北固山在江苏镇江，在长江南岸，三面临江，是镇江的一处名胜。诗人王湾在外边旅游，走到了这个地方，写下了这首满是个人情怀的诗。

"客路青山外，行舟绿水前。"青山绿水当中，风景很好。"潮平两岸阔，风正一帆悬。"这句写得非常美，描绘了一幅优美的风景画，在潮水涨到高潮的时候，它和两岸是平行的，一下子显得两岸非常开阔。"风正一帆悬"，正好是顺风。悬，是帆撑满的样子。

接下来两句更经典，"海日生残夜，江春入旧年。"意思是在天刚亮，夜还没有完全过去，从大海当中，升起来一轮太阳。"江春入旧年"，虽然春节还没有到，春天也还没有到来，但是江边

都郁郁葱葱、湿漉漉的，已经有春天的感觉了。虽然还是腊月，但已经有春天的感觉了。

"海日生残夜，江春入旧年"非常形象地说明了往往新生事物是脱胎于旧的事物，而旧的事物还没有完全消退，新生事物已经破茧而出了。这个诗是很有哲理的。"乡书何处达？归雁洛阳边。"后两句就反映自己写家信的思乡之情。

这首诗短短的八句里边，有四句足以为后世广为传诵。所以，诗的作者王湾虽然名气不大，仅仅留下十首诗，可有这么一首诗，他也足以千古不朽。

【大红妈妈领读】

扫码听音频

黄鹤楼送孟浩然之广陵

唐·李白

故人西辞黄鹤楼，

烟花三月下扬州。

孤帆远影碧空尽，

唯见长江天际流。

〔释义〕

老朋友孟浩然和我在黄鹤楼告别，
在这柳絮如烟、繁花似锦的阳春三月去扬州远游。
友人的孤船帆影渐渐地远去，消失在天水相接的尽头，
只看见长江浩浩荡荡地向着天边奔流。

【老梁解读】

《黄鹤楼送孟浩然之广陵》是一首普普通通的送别诗，可是由于送别的地点和自然环境不一样，使这首诗的格调抬升了好多。

现代人送别最多是在火车站，在站台上，火车一点点远去了，相互之间挥挥手，很快就看不见了，因为这个环境相对比较狭窄。

可是李白送孟浩然不一样，为什么有"孤帆远影碧空尽，唯见长江天际流"呢？因为是在长江边上，天地无比广阔。

黄鹤楼头送孟浩然，从武汉去扬州，要顺着长江走。古代帆船又比较慢，能一点点看到船上的人远去，相互挥手致意，等船一点点消失了，才见着"长江天际流"。这个过程是很漫长的，使送别之情也显得比较深远。所以，在美好的大自然当中，无论什么样的感情，都能找到恰当的寄托。

当然，黄鹤楼这个地点和李白的渊源还不仅仅如此。

李白第一次去黄鹤楼，看到长江边上的风景，顿时有一种思古之幽情，于是想要写首诗。可是一看有位大诗人崔颢已经在这里写过诗了，即"昔人已乘黄鹤去，此地空余黄鹤楼。黄鹤一去不复返，白云千载空悠悠。晴川历历汉阳树，芳草萋萋鹦鹉洲。日暮乡关何处是？烟波江上使人愁"。

李白觉得这诗写得太好了，自己无论如何也赶不上，很无奈留下两句："眼前有景道不得，崔颢题诗在上头。"就是自己没什么可说的了，因为话都被崔颢说完了。

可是，隔了多年之后李白再来黄鹤楼，生活阅历也丰富了，感情也更加激情荡漾了，这个时候他在墙上又填了一首七律，写的是："凤凰台上凤凰游，凤去台空江自流。吴宫花草埋幽径，晋代衣冠成古丘。三山半落青天外，二水中分白鹭洲。总为浮云能蔽日，长安不见使人愁。"这首诗和当年崔颢的诗称得上是不相上下。

扫码听音频

山中问答

唐·李白

问余何意栖碧山，
笑而不答心自闲。
桃花流水窅然去，
别有天地非人间。

〔释义〕

有人问我，为何隐居在碧山。

我笑而不答，心境自在悠闲。

桃花飘落溪水，随之远远流去。

此处别有天地，真如仙境一般。

【老梁解读】

　　李白这首诗写得有点遮遮掩掩、神秘莫测，诗的名字是《山中问答》，是谁问他的呢？没有人问，就是李白借个理由把自己想说的话说出来，所以这首《山中问答》其实是自问自答。

　　"问余何意栖碧山，笑而不答心自闲。"就是说世俗的人问我，你为什么在山里隐居，不待在外面的花花世界呢？微微一笑不回答，我心里很明白，我很闲适、很舒适。这里作者把自己拔得挺高，我是世外高人，我是隐居的高人。

　　"桃花流水窅然去，别有天地非人间。"那些世俗的人哪里知道我这个地方的好？哪里知道桃花源、世外桃源？"别有天地非人间"，另外有它的布局、构造、一些趣味，和人间是不一样的。这里表示诗人的隐居生活和世俗是不一样的，这里有不同的格局，不同的气象，能收获不同的乐趣。

　　李白为什么要写这一首诗呢？当时他仕途不如意，过了一段短暂的隐居生活。但是真正的隐士，他是不会和外界有什么联系的，也不会自己写一首《山中问答》来向大家展示自己高洁的志向、异样的情趣。成语"终南捷径"，说在长安之南的终南山，有一些隐士故意跑到那儿去归隐，这样一来就有很多人关注，说终南山上都是高人，皇上知道后，把高人请下山当官，反而成了一个做官的捷径。

　　李白在这个时候也是这样的心态，就是他并不想长期隐居，他希望出来，他在仕途上遭受了挫折，或者感觉到自身能量不足，需要在一个隐居的环境下，把自己的伤口——抚平，然后重新思考，怎么能够精神抖擞地再入世，再追取功名利禄。我想这是李白——一个不甘心平淡一生的诗人这时候心中所想的。

所以说李白这首《山中问答》很有味道，大家可以好好思考一下，中国古代文人他们的梦想到底是什么。

扫码听音频

闻官军收河南河北

唐·杜甫

剑外忽传收蓟北，初闻涕泪满衣裳。

却看妻子愁何在，漫卷诗书喜欲狂。

白日放歌须纵酒，青春作伴好还乡。

即从巴峡穿巫峡，便下襄阳向洛阳。

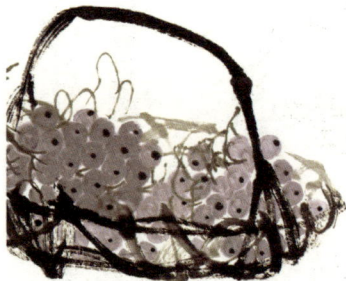

〔**释义**〕

剑门关外忽然传来收复蓟北的喜讯，

初闻此事分外欢喜，泪洒衣衫。

看妻子儿女也一扫愁云，随手卷起诗书，欣喜若狂。

白天放声高歌，开怀畅饮，

明媚春光陪伴我返回故乡。

动身启程从巴峡穿过巫峡，

再到襄阳直奔洛阳。

【老梁解读】

这首诗是杜甫的代表作品。

《闻官军收河南河北》，指的是公元 763 年，唐朝官军打败了安禄山、史思明的叛军，把黄河以北的地方收复了。

杜甫一生忧国忧民，此时听到这个消息欣喜若狂，因为这是意外之喜。"剑外忽传收蓟北，初闻涕泪满衣裳。"说的是：在剑门关外突然传来消息收复蓟北，因为喜讯来得很突然，杜甫当时分外惊喜，不由得掉下了眼泪，把衣裳都沾湿了。

"剑外"指剑门关以南，这里指四川。当时杜甫在外边漂泊，寄居在四川三台县，蓟北指河北北部，是当时"安史之乱"安禄山的老巢，把这个地方收复，说明战争胜利，黎民百姓受战乱之苦的日子要结束了。

"却看妻子愁何在，漫卷诗书喜欲狂。"再看看自己的老婆和孩子，已经不再发愁了，也是笑容满面的。于是大家收拾东西，准备回老家，在这个过程中高兴得自己都没法控制。

"白日放歌须纵酒，青春作伴好还乡"。出发了，大白天走在回家的路上，一边唱着歌，一边开怀畅饮，心里无比高兴，大好春光伴随着诗人回到家乡。这里的"青春"不是指年轻，"春"是春天，"青"是春天的颜色。

"即从巴峡穿巫峡，便下襄阳向洛阳。"这句可以说是千古名句，因为七

律诗里要求中间两联是对仗的，头尾两联不需要对仗。但这首诗最后一联也是对仗的，而且对得很特殊，叫流水对。流水对是指出句与对句在意义上和语法结构上不是相对，而是上下相承，是一个行进过程的连续。

"即从巴峡穿巫峡"，从长江走，开始走水路，从巴峡穿巫峡。"便下襄阳向洛阳"，从湖北再往河南走。这里面一个"穿"字和一个"下"字，反映了作者急匆匆的心态，用四个字来形容就是"归心似箭"。也说明诗人心情好，一切都很顺畅，回去的路程真如行云流水一般，是心情舒畅无比的体现。

这首七言律诗，把周边的风物、内心的世界、外边的情况糅合到一起，写得如同行云流水，后人读了，也能为诗人当时的心情感觉高兴，能够产生强烈的共鸣。

江南逢李龟年

唐·杜甫

岐王宅里寻常见，

崔九堂前几度闻。

正是江南好风景，

落花时节又逢君。

〔释义〕

当年在岐王府里经常见到你，
在崔九家中也曾多次听过你的歌声。
现在恰好在风景如画的江南，
暮春时节，又与你再次相逢。

【老梁解读】

这首诗是杜甫在大唐由强盛走向衰落时，对社会背景作的一个真实的描摹。

李龟年是唐玄宗时期有名的音乐家，唐玄宗喜欢歌舞、喜欢音乐，所以他的身边聚集了一大批优秀的音乐家，李龟年就是其中很了不起的一位。杜甫当年在长安为官的时候就和李龟年认识。

李龟年象征着大唐的兴盛时期，因为音乐最兴旺的时候，往往也是太平盛世，所以杜甫在江南看到李龟年才会百感交集。

"岐王宅里寻常见，崔九堂前几度闻。"意思是：两个人过去即便不算是熟人但也经常见面。在大唐盛世时期，作为文人的杜甫和音乐家的李龟年，有共同在一起创造文化盛举的机会，可是现在大唐衰败了，我们都流落他乡，在江南重逢了。这里说的岐王叫李隆范，是唐玄宗的弟弟，崔九叫崔涤，在家排行老九，是唐玄宗时期的秘书监，主管唐玄宗身边的文化活动。

"正是江南好风景，落花时节又逢君。"意思是：江南风景虽然好，可也到了落花时节。说明江南的风景已经由盛转衰了，这时，我们的时代也和外头的风景一样，一片繁华过后的衰败，我们永远回不去过去那个盛唐了。

所以这首诗反映了诗人内心苦闷的心情，他见到李龟年，仿佛见到了见证时代由盛转衰的一个活生生的地标式的人物，所以他心里很难受。事实上在写完这首诗之后不久，杜甫就在忧愤当中去世了。

　　这首诗的内容比较丰富，对人物心情的描写细致入微。它的头两句，"岐王宅里寻常见，崔九堂前几度闻"是对句里的一个经典。岐王对崔九，宅里对堂前，寻常见对几度闻，见和闻也能对，然而寻常和几度是不一样的，这是不是诗人犯的一个错误呢？

　　其实不是，这在作诗上叫借对，也是无情对的一种。寻常和几度，看着好像对不上，但是"寻常"在经常之外还有另一个意思，一寻是丈量单位中的八尺，一常是一丈六尺，它也是个数量词，所以寻常对几度，把这个意思借过来就对了。

　　"岐王宅里寻常见，崔九堂前几度闻"，这两句诗尽显中国文字"精妙之处"，读古诗词，如果深入地了解下去，读者就会发现中国人文字游戏的功夫世界第一。

扫码听音频

春　望

唐·杜甫

国破山河在，城春草木深。

感时花溅泪，恨别鸟惊心。

烽火连三月，家书抵万金。

白头搔更短，浑欲不胜簪。

〔释义〕

长安沦陷，国家破碎，只有山河依旧；

春天来了，长安城人烟稀少，荒草丛生。

感伤时局，见花开常常洒泪，

鸟鸣惊心，徒增离愁别恨。

战火连天，长时间都不曾停息，

家书难得，一封能抵万两黄金。

愁绪缠绕，白发愈搔愈稀疏，简直要不能插簪了。

【老梁解读】

杜甫这首《春望》的写作背景是"安史之乱"之后，杜甫开始了逃亡生活。在逃亡过程中，不幸被安禄山的部队俘获了，又被胁持回了长安。一年前他从都城长安逃走，一年后又被押了回来，看到长安城的破败场景，有感而写。

"国破山河在，城春草木深。"国家已经破碎不在了，但是山山水水还在，以往长安城每到春天都是一派郁郁葱葱，但是现在却是荒草丛生。"草木深"指荒草长得有一人多高，也没人管，也就是说，这个地方完全被战乱给荒废了。

"感时花溅泪，恨别鸟惊心。"本来花和鸟都是美好的事物，平常欣赏美景时，都会赏心悦目。可这时候由于心情极差，看到这花仿佛都在哭，听到鸟的鸣叫，都觉得惊心动魄。因为内心世界的变化，让作者看到眼前的景物也产生了变化。

"烽火连三月，家书抵万金。"杜甫被叛军抓住了，跟家人完全没了联系，连续打仗这么长时间，如果能知道家里人的状况，才是最重要的，所以他心里挂念着家人。

外边是国破，里边是家亡。诗人这时候的状况是什么样呢？"白头搔更短"，意思是作者挠头，发现头发掉了很多，本来头发都白了，还掉了很多头发。"浑欲不胜簪"，过去男人都留长发，梳好后用簪子别起来，但现在头发掉得太多，稀稀疏疏的，连簪子都别不住了。这说明诗人不光是岁数大了，而且由于心里头非常凄苦，更加剧了衰老。

　　杜甫的这首《春望》，其实表达的是没有希望。他觉得自己一天天年老，生活陷入困苦之中，国和家都成了这个样子，作者的内心世界忧愁无比，所以这首诗读起来，会让人有种泫然欲泣的感觉。

【大红妈妈领读】

扫码听音频

春夜喜雨

唐·杜甫

好雨知时节，当春乃发生。

随风潜入夜，润物细无声。

野径云俱黑，江船火独明。

晓看红湿处，花重锦官城。

〔释义〕

春雨似乎懂得时节变化,
春天万物萌生时随即降临。
伴随和风,悄悄进入夜幕,
默默地滋润万物。
乌云密布,笼罩田野小路;
江上渔船,闪烁着点点灯火。
天亮后再看那些被淋湿的花朵,
成都满城必将是繁花似锦。

【老梁解读】

　　唐诗的好多篇章题目是随机起的，但杜甫这首《春夜喜雨》不一样，这首诗的题目高度地提纲挈领。

　　《春夜喜雨》围绕着春天的夜雨，最终得出诗人的喜悦的感觉。这四个字，扣题非常准。

　　"好雨知时节，当春乃发生。"这是诗人的经验之谈，就像老人和旁边的朋友讲，最好的雨它知道在什么时节下，春天最需要雨的时候来了。中国古人有一句话说，什么最肥什么最瘦？叫春雨最肥，秋风最瘦。春雨最肥，春雨贵如油，滋润万物；秋风扫落叶，万物枯萎，这是经验之谈。

　　"随风潜入夜"，晚上诗人没睡觉，发现风刮起来，春雨就下起来了。就像潜伏一样，声音还不大，睡着了的人不会被这阵春雨给吵醒。"润物细无声"，它滋润万物是没有声音的。

　　"野径云俱黑，江船火独明"对应前边的"润物细无声"，"野径"就是小路，天下着雨，云彩都是黑的，这句就写出寂静到什么程度。"江船火独明"，江上那条船里边有一盏微微的烛火能见点亮，四周都是黑的，也形容出寂静无声。

　　可是诗人第二天早上起来，和昨天晚上就全不一样了。"晓看红湿处，花重锦官城。"红就是指花，意思是再看明天，桃红柳绿一片生机盎然。花上边沾着雨水沉甸甸的，显得非常喜庆，所以后边两句扣到这个"喜"字上了。

这首《春夜喜雨》是诗人根据传统经验、自己的喜悦，惟妙惟肖地描绘了一幅极具画面感的场景，然后把《春夜喜雨》的"喜"字带给每一个人。所以这个过程很有点像明代的哲学家王阳明谈到的知行合一，有知又有行。

绝句·其一

唐·杜甫

迟日江山丽，
春风花草香。
泥融飞燕子，
沙暖睡鸳鸯。

〔释义〕

春天里太阳映照，江山秀丽如画；
春风和煦，吹来阵阵花草的芳香。
燕子衔着湿泥飞来飞去，忙着筑巢；
柔和的沙滩上，睡着成双成对的鸳鸯。

【老梁解读】

　　这首诗是杜甫在自己的草堂边上，对美好春光的歌颂，这个草堂就是今天成都的杜甫草堂。

　　"迟日江山丽，春风花草香"，这写的是视觉和嗅觉。"迟日"就是指春天的太阳，春天，天开始变长了，太阳在天上待的时间比冬天多了。《三国演义》里边，诸葛亮在草庐里，刘备在外面等他。他睡醒了先吟首诗，"大梦谁先觉？平生我自知。草堂春睡足，窗外日迟迟"。也指的是春天的太阳。所以"迟日江山丽"这是视觉，春天的太阳下，整个江山都很美好。"春风花草香"，诗人顺着春风闻到花草的清香，春天到了，这是从视觉到嗅觉。

　　后边两句是诗人根据自己视觉当中的动静，来描绘春天的美好风光。

　　"泥融飞燕子，沙暖睡鸳鸯。""泥融"就是春天土都解冻了，泥土变得软了，这时候燕子过来衔春泥垒窝，燕子飞是动的。"沙暖睡鸳鸯"，春天暖了，沙洲上温度也上来了，鸳鸯鸟儿成双成对地睡着，感受大自然的美好，这是静的。一动一静把春天一下给写活了。

　　杜甫一生忧国忧民，经常写一些不顺心的事，为什么在他笔下春天这么美好呢？这其实是一种对比，在他进入杜甫草堂之前，杜甫经历了各种各样的苦闷。

　　"三年饥走荒山道"，他得罪皇上了，皇上把他贬到外地，连吃喝都没有保障，经常饿肚子。紧跟着"安史之乱"来了，叫"一岁四行役"，一年四次为了躲避战乱搬家，日子过得太艰难了。好不容易跑到成都来了，当地朋友在浣花溪边给他建了一个草堂，他总算有个地方能住下，吃一顿安稳饭，所以这时候杜甫再回头看春天，想到自己曾经的颠沛流离，意识到眼前的风光无比美好。所以，这是一种很有意思的人生相对论的体验。

漫兴·其五

唐·杜甫

肠断春江欲尽头，

杖藜徐步立芳洲。

颠狂柳絮随风去，

轻薄桃花逐水流。

〔释义〕

都说春江景物芳妍，而三春快要结束，怎么会不感到伤感呢？

拄着拐杖漫步江头，站在长满花草的水边陆地上，

只看见柳絮如癫似狂，肆无忌惮地随风飞舞，

轻薄不知自重的桃花追逐流水而去。

【老梁解读】

这首绝句是杜甫在"安史之乱"期间，暂居成都时写的。"安史之乱"开始后，杜甫受战乱的影响颠沛流离了好几年，后来总算在成都安定下来了，但他心里依然是非常苦闷的。在乱世之中，杜甫的才华得不到施展。世道混乱，杜甫身边发生了很多人间惨剧，所以他在成都的时候心里是非常苦闷的，这首诗就反映了杜甫对世道的认知，以及内心的烦忧。

"肠断春江欲尽头，杖藜徐步立芳洲。"就是说：时候正赶上阴历三月，春天已经要到头了，美好的春光就要过去了，此时诗人拄着拐杖，慢慢腾腾地走着，到了水边一块陆地停了下来，看着春江水欲尽，心里想着这个乱世，不由得陷入了沉思。

这里的"肠断"既是实写，又是虚写。实写的是春光要过去了，诗人心里难受；虚写的是诗人面对这样一个乱世，心里一直都很不舒服。

"颠狂柳絮随风去，轻薄桃花逐水流。"柳絮被风一吹就跑得很远，春天，本来很漂亮的桃花纷纷从枝头落下，随着流水就漂流走了。

这两句里面，诗人用了两个带有个人感情色彩的形容词，一个癫狂，一个轻薄。癫狂是说柳絮不知自重，风一吹就跟着跑，是没有根的；轻薄是说桃花也不知自重，流水往前走它跟着就流下去了。

这里是诗人对柳絮、桃花的不屑态度。杜甫认为，在这个乱世之中，有很多文人都丧失了基本的道德观和价值观，有的跟着叛军去作乱，有的只顾个人享乐，置社稷安危于不顾。对这样的人，杜甫充满着愤恨，认为他们是癫狂轻薄之辈，一点儿没把天下苍生的幸福放在自己的心里。

　　也因为这首诗，后人往往用柳絮桃花来形容癫狂轻薄的逐利之徒，或者那些没心没肺、贪图享乐的人。

　　这首诗总的来说是杜甫面对美好春景将逝之时，心中充满无限烦忧，在江边发出了这一番人生慨叹。而杜甫隐居在成都，心里充满着入世之心，但又得不到当权者的赏识，郁郁不平之气通过这首绝句跃然纸上。

江畔独步寻花·其五

唐·杜甫

黄师塔前江水东，
春光懒困倚微风。
桃花一簇开无主，
可爱深红爱浅红？

〔释义〕

黄师塔前一江春水滚滚向东流淌，

春光融融，使人困倦，想倚着春风小憩。

桃花一丛丛盛开，好像无人照管，

究竟是爱深红色，还是更爱浅红色？

【老梁解读】

　　这首《江畔独步寻花》，要结合杜甫当时的心情处境来理解。

　　写这首诗的时候，杜甫经过几年的颠沛流离，终于在成都安顿下来了。一开始杜甫是比较满足的，经历了战乱之苦，有一个稳定的生活也是他想要的。可是杜甫毕竟心怀天下，希望能够为苍生做些事情，希望在有生之年有所作为，所以在杜甫草堂混吃等死的日子也不是他所期望的。可是他年过半百了，对于再去外面闯荡，再在仕途里奔波挣扎，又有一些畏惧，因此这时候诗人的心情是很矛盾的。一方面，不愿意离开这安逸的生活；另一方面，又觉得壮志难酬，所以他在慵懒当中是带有苦闷的，于是就出去排忧解闷。

　　"黄师塔前江水东，春光懒困倚微风。"诗人看到一江春水向东流，春光令人慵懒，在微风当中有点儿提不起精神，略带着一些惆怅。"桃花一簇开无主"，这一簇桃花没有主人也没有人照顾，这其实是杜甫的自我表达，说自己年过半百了无依无靠。这个无依无靠一方面是没能跟家人团聚，另一方面，也没有人提拔

赏识他。于是"可爱深红爱浅红"里，看到一簇桃花了，有深红的有浅红的，杜甫想，自己究竟爱这深红颜色的，还是爱这浅红颜色的。这就是用一种比喻的手法，自己到底是出去再闯一番事业呢？还是留在这里享受生活呢？这是杜甫心情无比矛盾的一种反映。

所以这首诗看起来是描写旖旎的春光，其实是写诗人内心的苦闷。

扫码听音频

赋得古原草送别

唐·白居易

离离原上草，一岁一枯荣。

野火烧不尽，春风吹又生。

远芳侵古道，晴翠接荒城。

又送王孙去，萋萋满别情。

〔释义〕

茂盛的野草长在古原野上，

每年春来茂盛秋来枯黄。

熊熊野火无法把它烧尽，

春风吹过依旧蓬勃生长。

芳草的馨香弥漫着古道，

阳光照耀下翠绿的野草连接着荒芜的古城。

我又一次送走知心的朋友，

茂盛的野草也好像满怀离愁别绪。

【老梁解读】

　　"野火烧不尽，春风吹又生"是千古名句，意思是：困难是暂时的，人呢一定要有韧劲，战胜这些困难，我们一定会走向美好的明天。但是，这只是现代人对诗句的理解，其实白居易并不是这个意思。

　　这首诗要解读下来，需要看后四句，"远芳侵古道，晴翠接荒城。又送王孙去，萋萋满别情"。"远芳侵古道，晴翠接荒城"是指：汉民族跟少数民族边界地带常年打仗，老百姓要躲避战争，这块地方很多田地都荒了，原来的城池也废

弃了。"又送王孙去,萋萋满别情",就是把这边皇族的王孙送过去了,相互分离时都是悲伤的感情。

为什么要把王孙送过去呢?因为打不过敌人,必须通过和亲和送人质的方式来换得暂时的苟且。为什么要和亲呢?因为我弱敌强,必须把我方的孩子送到敌人那边当人质。如果我强敌弱,自然就不需要和亲了。

"又送王孙去",说明不是一回,几乎年年都这样。所以前边"野火烧不尽,春风吹又生",意思就是这个事无休无止的,每年都要进行一遍,到春天来了,春风一吹,又需要送人和亲去了。

这首诗,其实是诗人表达对当时政权的一些不满,对皇族不争气的一种抱怨。白居易在诗里体现的不仅仅是对当时的大唐王朝,也是对中国古代一直传下来的和亲传统的不满,也体现了作者借古讽今的这样一种表达方式。

所以我们读古诗,要做到完全理解才行,千万不要断章取义,摘出来一段觉得很励志,其实那往往会曲解古人的真实意图。

【大红妈妈领读】

扫码听音频

忆江南·其一

唐·白居易

江南好，风景旧曾谙。

日出江花红胜火，

春来江水绿如蓝。

能不忆江南？

〔**释义**〕

江南是个好地方，那里的风景我曾经非常熟悉。

太阳出来，江边的鲜花颜色鲜艳，红得胜过火焰。

春天来临，江水碧绿如同蓝草浸染。

怎能叫人不怀念江南？

【老梁解读】

　　白居易的《忆江南》总共有三首，它的格局、格式是完全一样的。我们看到的这首《忆江南》，是反映白居易对江南风物的留恋和怀念。

　　白居易本身不是江南人，他只是在这个地方做过官，历任杭州刺史、苏州刺史，他在杭州主持修了白堤，也就是现在杭州著名的白堤。所以他在写江南风物的时候，是怀着无限的眷恋的。

　　"江南好，风景旧曾谙。""江南好"三个字看似平常，其实就像我们说到

一个事物很美好的时候，可能没别的词，一张嘴"真好、真好"，就是一咏三叹的感觉。"风景旧曾谙"意思是这里的风景过去我曾经很熟悉。

"日出江花红胜火，春来江水绿如蓝。"既然是江南，必须得写江。"日出江花红胜火"写的是红花，"春来江水绿如蓝"写的是绿水，这两个颜色鲜明的对比，体现出江南一带的勃勃生机和令人流连忘返的景象。结尾"能不忆江南"就是说人怎么可能不留恋江南呢。

三首《忆江南》里，这一首是点题之作。后面两首针对性更强，第二首是"江南忆，最忆是杭州。山寺月中寻桂子，郡亭枕上看潮头。何日更重游！"另一首是"江南忆，其次忆吴宫。吴酒一杯春竹叶，吴娃双舞醉芙蓉。早晚复相逢！"这三首诗放到一起，我们会对江南有一个非常立体的印象。

在中国诸多的风景名胜区里，我们走一遍就会发现，风景非常秀丽，而且又非常适合去旅游的地方，江南要排第一。因为有的地方风景很秀丽，但是山川险峻、交通不畅，生活各方面不见得舒适。在过去，江南一带最为富庶，风景也最为秀丽，所有这样的地方足以让人流连忘返。

韦庄写《菩萨蛮》，写得也非常好，"垆边人似月，皓腕凝霜雪。未老莫还乡，还乡须断肠"。如果把这些诗糅到一块读，就能体会到为什么中国人说断肠春色在江南。

遗爱寺

唐·白居易

弄石临溪坐，
寻花绕寺行。
时时闻鸟语，
处处是泉声。

〔释义〕

坐在小溪的岸边玩弄着石子，

绕着寺院周边的小路，欣赏盛开的花朵。

时不时地听到小鸟婉转歌唱，

到处都是泉水叮咚流淌。

【老梁解读】

遗爱寺在庐山香炉峰底下，白居易曾经当过江州司马，多次到庐山游玩，因此写了很多和庐山有关的诗。

白居易在朝为官的时候，宰相叫武元衡，武元衡提出应该打压藩镇割据势力，结果被藩镇的刺客给刺杀了。这个事件震惊朝野，白居易提出要严惩凶手，结果得罪了敌对势力，最后他被贬为江州司马，江州就是今天的九江。

九江就是庐山边上。这个地方汉代时叫柴桑，唐代叫浔阳，也叫江州。《琵琶行》里面有"浔阳江头夜送客，枫叶荻花秋瑟瑟"，说的就是这个地方。

白居易被贬到江州，心灰意冷，于是也不怎么认真工作，就等于是仕途受到打击之后在这里隐居。既然是隐居，他当然希望纵情于山水，把烦恼都抛弃掉，所以他在这里写的一些诗词是不太愉快的，本质就是抒发心中的郁闷。当然，也有一些是很轻快的，这个《遗爱寺》就是一个代表。

"弄石临溪坐，寻花绕寺行。"就是诗人拿着一块石头坐在小溪旁边欣赏美景，诗人安静地坐了一会儿，突然又觉得想要溜达溜达，于是绕着遗爱寺转一圈去看花。整个意思就是诗人想做什么就做什么，想静就静，想动就动，动静随意。

为什么动静都随意呢？因为这个地方的景色太好了。"时时闻鸟语，处处是泉声。"就是说诗人走到哪里都能听到鸟的鸣叫，无论到哪里都能听到泉水的流动，感觉自己身处在这样鸟语花香、山清水秀的环境当中，一切烦恼都可以抛到九霄云外。所以无论是弄石临溪坐，还是寻花绕寺行，还是鸟语，还是泉声，自己都实现了真正地忘我。

整首诗生动地表现了遗爱寺周围生机盎然、清幽雅致的环境气氛，反映的是白居易希望通过自然美景来消解心中的烦忧，把这三年的隐居完全当作世外修行，把所有不美好的东西都抛到九霄云外，对充满着功名利禄的朝野，诗人内心感到深深的失望。

【大红妈妈领读】

扫码听音频

江南春

唐·杜牧

千里莺啼绿映红，
水村山郭酒旗风。
南朝四百八十寺，
多少楼台烟雨中。

〔释义〕

江南大地莺歌燕舞，绿叶与红花相映衬，
水边村寨，山麓城郭，处处酒旗飘动。
南朝遗留下的四百八十多座古寺，
有多少寺院笼罩在烟雨中。

【老梁解读】

杜牧的诗有一大特点就是见景生情、借古讽今。他写的很多诗都是把眼前的景象和历史勾连到一块，然后进而直接讽刺现实。这首《江南春》就是他的一个代表作。

"千里莺啼绿映红，水村山郭酒旗风。"这是写江南一带的风物，很漂亮、很美好。由此想到这个地方寺庙很多，这些寺庙是什么时候建的呢？南朝。"南朝四百八十寺"，当然不止四百八十个，是代指很多很多。"多少楼台烟雨中"，现在来看，这些楼台亭阁烟雨茫茫，可是建这些楼台亭阁的人哪儿去了呢？大浪淘沙，都被历史抹平了痕迹。

这首诗借古讽今体现在什么地方呢？杜牧生活在唐武宗年间，他在仕途上受挫，因此对武宗朝廷有所不满，但唐武宗当时有一个政策杜牧是支持的，那就是历史上有名的"会昌毁佛"，也叫"会昌灭法"。

唐王室自来崇佛，历代皇帝都大量赐予寺院土地供奉佛祖，而且几乎不对这些"寺田"征税。随着世风日下，僧人们也巧取豪夺了大量土地，大量自耕农为了逃避税赋，自愿委身寺院为佃农。唐武宗时期，中央政府的税收日益减少，佛教从根本上威胁了唐王朝的统治。所以唐武宗要打击佛教，从佛教手里拿走大量的物质财富，来充实国库。唐武宗年间大概有两年时间，对佛教进行了严厉打击，毁了很多庙，把佛像拆了，佛家财产充公。金银归国库，铜的铸钱，铁的造兵器和农具。这是历史上有名的"会昌毁佛"，杜牧是支持的。杜牧认为佛教当时这样扩大，侵犯了世俗的权利，也侵害了国家的利益。

杜牧说"南朝四百八十寺"，为什么是借古讽今呢？因为佛教从印度传到中国有三个时期，东晋时候是输入时期，到南北朝是传播时期，到隋唐进入兴盛时期。传播时期在南朝宋齐梁陈，尤其是梁朝达到了鼎盛。

梁武帝就信佛，无偿地把国库很多金银都支援给了寺庙，梁武帝晚年怠于政事，又沉溺佛教，所以梁朝就迅速地走向了衰亡。所以杜牧也是借这个历史来写诗，四百八十寺建完了怎么样？那个朝代已经被大浪淘沙洗掉了。杜牧这首诗不着一字尽得风流，很含蓄地把对现在的观点，融入到对历史的描摹当中，这是写诗的高明之处。

【大红妈妈领读】

扫码听音频

清　明

唐·杜牧

清明时节雨纷纷，

路上行人欲断魂。

借问酒家何处有，

牧童遥指杏花村。

〔释义〕

清明时节细雨纷纷飘洒，
路上的行人怅惘失意。
问一声哪里有酒家？
牧童指向远远的杏花山村。

【老梁解读】

　　杜牧这首《清明》千古传诵，诗里边的要素非常充足，可以称得上是一个情景交融的剧本，就如同现在一个大剧本里边的分镜头剧本一样。剧本一般都要标注时间、地点、人物和人物的台词，把这个诗拆开来看：

　　时间——清明时节；地点——路上；场景——雨纷纷；人物——行人；状态——欲断魂。行人的台词是什么呢？"借问酒家何处有？"行人问："酒家何处有？"然后第二个人物牧童出场，他的动作是用手指向远方——遥指，答案是"杏花村"。

　　当然也有人会觉得这剧本啰唆。因为重叠词太多。清明本身就是一个时节，就像说"谷雨时节"是不对的，因为谷雨就是二十四节气之一，所以"时节"两个字是多余的。既然叫行人，那肯定不能是在屋里坐着的人，行人一定是在路上，所以"路上"这俩字又多余了。"借问酒家何处有"，既然本来就是问别人的，这"借问"又多余了。"牧童遥指杏花村"，路上有人告诉是杏花村这就可以了，何必一定说牧童呢？

　　所以有人说，"清明时节雨纷纷"，"时节"多余；"路上行人欲断魂"，"路上"多余；"借问酒家何处有"，"借问"多余；"牧童遥指杏花村"，"牧童"多余。这样一改，成立不成立呢？"清明雨纷纷，行人欲断魂。酒家何处有，遥指杏花村。"也是成立的。

春鷂鳴鳶圖

仰觀萬丈落
儒冠一綫欲凌雲
際寒不見來鳶
天上丟諸君慶
世界容看

【大红妈妈领读】

扫码听音频

风

唐·李峤

解落三秋叶，

能开二月花。

过江千尺浪，

入竹万竿斜。

〔释义〕

风，能够吹落深秋的树叶，
能够催开二月的花朵。
刮过江面能掀起千尺巨浪，
吹进竹林，能使万棵竹子倾斜。

【老梁解读】

这首写风的诗，单看它的字面，就能感受到诗歌给我们带来的美。

"解落三秋叶，能开二月花。过江千尺浪，入竹万竿斜。""三秋""二月""千尺""万竿"对仗非常工整，行文很顺畅、很优美。

诗句的内涵则更加生动，"解落三秋叶，能开二月花"。它是写风的，"落"和"开"都是一种使动用法，就是"使"三秋叶落，"使"二月花开。什么样神奇的造化功能，能让秋天的叶子落下来，能让春天的花朵绽放呢？大家自然就会想到是风。

后两句话更加形象，"过江千尺浪，入竹万竿斜"。什么样的东西有这么大威力呢？也是风。大江上千尺浪起，那一定是风大；竹林里边所有的竹竿都向一侧倾斜，那一定有狂风刮过。就是说虽然是风过来了，我们看不见风，但是能够感到风的存在，能够感到大自然的巨大能量。

这是一首很有哲理的诗，读下来引人深思、引人遐想。更加高明的是，这首诗二十个字里边一个"风"字都没有，这是中国古人在文字驾驭上达到的一个游刃有余的高度。

我们再说个浅显的例子，有一首打油诗叫《雪》："江上一笼统，井上黑窟窿。黄狗身上白，白狗身上肿。"下了雪之后，"江上一笼统"，全世界都是白的，"井上黑窟窿"，井口塌了一块，就只有这么一个黑窟窿。"黄狗身上白，白狗身上肿"，黄狗身上落了雪，全身变成白的；白狗本来就是白毛，落上雪之后显得肿起来了。

全诗写雪却没有"雪"字，这就是中国文化的博大精深，"不着一字，尽得风流"。

凉州词·其一

唐·王之涣

黄河远上白云间，

一片孤城万仞山。

羌笛何须怨杨柳，

春风不度玉门关。

〔**释义**〕

黄河的源头远在那高山白云之间，

崇山峻岭环绕的城堡，是那样孤独凄凉。

羌笛啊，不要再吹奏那哀怨悲凉的曲调了，

要知道，春风从来就没有光顾过荒凉的玉门关。

【老梁解读】

这首《凉州词》是唐代边塞诗的一个代表作，气派宏大。但是里边包含的一些情调，却令人读完之后一咏三叹。

初唐时期，由于要和西北的少数民族打仗，很多士兵要出玉门关，到比较艰苦的地方去驻扎和作战。可出了玉门关之后，环境艰苦不说，朝廷的给养又一时半会儿跟不上，所以当时有一句顺口溜叫"一出玉门关，两眼泪不干"，意思就是苦日子开始了。

所以"羌笛何须怨杨柳，春风不度玉门关"一方面是对朝廷对士兵的待遇有抱怨，但另一方面它也肯定了士兵的牺牲精神。这首《凉州词》气派宏伟，作者已经把上面的情调糅合在壮美的场景当中，这也是《凉州词》能够经久不衰的关键。

当然，关于这首诗还有一个传说：

有一次乾隆皇帝让纪晓岚写一个扇面。纪晓岚问："皇上，您要写什么呀？"乾隆说："你就写王之涣那首《凉州词》。"

于是纪晓岚在扇子上就抄了这首《凉州词》，结果没想到一时疏忽漏了个字，把"黄河远上白云间"的"间"给漏了。乾隆打开一看，说："这不对，爱卿你这是欺君之罪，要杀头啊。"

纪晓岚赶忙问怎么了？

乾隆说："你少了个'间'字。"纪晓岚灵机一动，说："皇上，我抄的不是王之涣的原词，我给它改了。皇上您看啊，不少了个白云间的'间'吗？您听，'黄河远上，白云一片，孤城万仞山，羌笛何须怨，杨柳春风，不度玉门关。'"

为什么它少了一个"间"读起来感觉依然好呢？说明诗句里面的词汇：黄河、白云、孤城、万仞山、羌笛、杨柳、玉门关，这些词汇堆到一块自然就会让人产生丰富的联想，进入到作者的语境当中，这也说明王之涣的诗文功力何等深厚。

滁州西涧

唐·韦应物

独怜幽草涧边生，
上有黄鹂深树鸣。
春潮带雨晚来急，
野渡无人舟自横。

〔释义〕

最是喜爱河边生长的幽幽野草，
黄鹂在茂密的树丛深处婉转啼唱。
春天的潮水伴着夜雨急急地涌来，
荒野渡口只有一只无人的小船横在江中。

【 老梁解读 】

　　在唐诗里边见景生情、由情言志的作品非常多见。但是像韦应物这样，写景写得惟妙惟肖，写情写得入木三分，言志言得恰到好处，而且不那么露白的，唐诗还不多见。

　　韦应物这时候是在滁州做刺史，就是滁州地方的武装部部长，是个不大不小的官。他对这个位置是太不满意的，他有很多抱负实现不了，于是体现在了诗上。

　　"独怜幽草涧边生，上有黄鹂深树鸣。"就是说自己最喜欢那几株草，在这

个山涧边上茂盛地生长，生命力很旺盛。既然是"独怜幽草"，就说明这片草孤孤单单。上边黄鹂叽叽喳喳地叫，这比喻君子在下，小人在上，也比喻韦应物自己在官场的状态，高洁的人不得意，反而那些小人能够高居庙堂，这是他在官场的苦闷。

后两句"春潮带雨晚来急，野渡无人舟自横"。这个时候正是河水上涨的季节，可是在渡口那里，有条船在那里系着，被水冲得横在了那儿。这是比喻诗人觉得自己无用武之地，大好时光春潮带雨，正是船发挥作用的时候，可是却没有得到应有的用处。

其实这几句放在一起，我们就能看出韦应物这个诗人在官场所处的地位。他有大的志向，但不受人待见，希望干很多事情，但苦于没有机会。眼见着官场当中腐败横行、小人在上，自己的志向却无法发挥，苦闷的心情是完全可以理解的。

其实这就是官场生态当中最典型的状态。有人认为，韦应物既然这么苦闷为什么不辞官呢？一方面是生活所迫，韦应物不要这官，能不能生存就难说了。另一方面在官场体系当中，只有一个评判标准，那就是升官。所以当官的要不是官迷，说明就不是个好官。因为评价人做得好只有一个标准，就是升官。

韦应物在这个位置上不去，从官场评价来讲，就说明他无所作为。而韦应物认为自己又有很大能耐，所以这个矛盾在他看来是很大的冲突。过去人家说"一入宦门深似海"，就是说人进入官僚体系，就要承受这个体系带来的副作用。

【大红妈妈领读】

扫码听音频

竹枝词·其一

唐·刘禹锡

杨柳青青江水平，

闻郎江上踏歌声。

东边日出西边雨，

道是无晴却有晴。

〔释义〕

江边杨柳青青，江面平静；
忽然听到江面上情郎唱歌的声音。
东边出着太阳，西边下起了雨；
说是没有晴天却还有晴的地方。

【老梁解读】

这首《竹枝词》就像一首流传千古的民歌，作者刘禹锡是个特别注意观察生活的诗人，他一生仕途不顺，被贬到过好多地方，但是每到一地他都对当地民间文化特别关注。

《竹枝词》其实是当时四川的一种艺术形式，刘禹锡被贬到四川夔州担任刺史，发现了夔州当地的文艺形式：用笛子和鼓伴奏，一群人唱歌跳舞。刘禹锡根据这个曲调填成了词。古代的诗词就是为曲调而填的，类似今天的歌词，只不过随着历史的推进，原有那些曲牌都失传了，只留下了文字，这就是我们今天所说的诗词。

《竹枝词》既然是民间文艺形式，自然具备极强的民间气息。因此诗人的诗句也写得很有民间情调。

"杨柳青青江水平，闻郎江上踏歌声。"杨柳青青说明时间是春天或者春夏之交，树木青翠欲滴，江上没有大风浪，是风和日丽的一天。在这美好的一天里，江边的一个女孩，听到心上人唱歌的声音。听闻之后，女孩心潮澎湃。诗人就描绘出了细腻的情感。

"东边日出西边雨，道是无晴却有晴。"这两句是千古名句，南方经常见到一边下雨一边出太阳的景象，于是诗人发问：这是晴天呢还是阴天呢？是有情呢还是无情呢？

这里的"晴"字是一语双关，用得非常妙。写出了女孩心中的悸动：这个男孩唱这歌是不是给我唱的呢？我应不应该对他付出感情呢？他到底是对我好呢？还是对别人好呢？女孩在怀春时思维跳跃性是很大的。

所以读者在欣赏很多民歌作品的时候，经常能够看出一个女孩对喜欢的男孩似喜似嗔，时而高兴，时而发怒，有时带一点伤感，有时又很喜悦，表现出波动性很强的情绪。

扫码听音频

乌衣巷

唐·刘禹锡

朱雀桥边野草花，

乌衣巷口夕阳斜。

旧时王谢堂前燕，

飞入寻常百姓家。

〔释义〕

朱雀桥边野草丛生，开出了野花。

乌衣巷口，落日渐渐西沉。

当年在王导、谢安家檐下筑巢的燕子，

如今却飞进了普通百姓家中。

【老梁解读】

刘禹锡这首《乌衣巷》是一首著名的咏史凭吊诗，乌衣巷在南京市秦淮河南岸，这里曾经是南朝时期一些豪门的居住地，那时有很多士兵在这里保护这些豪门，士兵当时都穿黑衣服，所以这个地方叫乌衣巷。中国古人建城池讲究风水，东方为青龙，西方为白虎，南方为朱雀，北方为玄武，所以城南的桥就是朱雀桥，譬如玄武门就是北门，朱雀桥正是南京市南面和乌衣巷连接的一个交通要道。

王导、谢安，东晋丞相，世家大族，贤才众多，世代居住在乌衣巷，所以乌衣巷这里一直很繁华。可是经过南北朝，到了隋唐时期这个地方已经荒芜了，不再有过去的豪华气派的声势。

"朱雀桥边野草花，乌衣巷口夕阳斜。"意思就是原来那么关键的交通要道，现在桥两边长出了很多野花，这个地方已经荒凉，很长时间没人来走了。王、谢这些豪门住的地方，现在荒凉一片，只剩下夕阳晚照。历史大浪淘沙，多少豪门权贵都被淘汰了。

这时候，诗人观察到了一个细致入微的点，也是很能打动人的点，"旧时王谢堂前燕，飞入寻常百姓家"。原来这里的燕子，以前都是把窝建在豪门的庭院里，可到现在呢，住到了贫苦人家。这更说明大浪淘沙之余，多少过去有名有利有权的人，在这个时代都已经烟消云散了。

诗人站在这个地方凭吊历史，南朝的繁华盛景风流云散，感慨人世无常，曾经的权贵最终成为历史。

【大红妈妈领读】

扫码听音频

送元二使安西

唐·王维

渭城朝雨浥轻尘，

客舍青青柳色新。

劝君更尽一杯酒，

西出阳关无故人。

〔释义〕

渭城清晨的细雨打湿了路上的浮尘，

青砖绿瓦的旅店和周围的柳树都显得格外清新。

请你再多饮一杯离别的酒吧，

西行出了阳关后，便再也见不到老朋友了。

【老梁解读】

这首《送元二使安西》称得上千古送别第一佳作。

"渭城朝雨浥轻尘，客舍青青柳色新。"这两句是有寓意的，"客舍青青"这"青"就是情，"柳色新"这"柳"就是留，希望把朋友这份感情永远留存在心底的意思。

过去古人送别要"折柳"，折个柳树枝送给远行的朋友，柳就是留，意思是希望朋友留下来。"劝君更尽一杯酒，西出阳关无故人。"这两句里面又有多少挥之不去的离愁，"西出阳关"，在中国古代交通不发达的地区，有可能人一出了阳关，再往西北方向去，这辈子都见不到了，这称得上是生离死别，所以没有离愁是不可能的。

有人觉得，"劝君更尽一杯酒，西出阳关无故人。"有点太悲了，所以后人集句，把"劝君更尽一杯酒"留下，再加上李白《将进酒》里边那个"与尔同销万古愁"，形成一副对子："劝君更尽一杯酒，与尔同销万古愁。"一下子境界就开阔壮观了。

何處安閒著醉翁 悲過窄道樹陰
濃畫山扇酒無人要隔岸徒看望子
風毛毛為石坡仁兄製于燕京 白石山翁

扫码听音频

相　思

唐·王维

红豆生南国，

春来发几枝？

愿君多采撷，

此物最相思。

〔释义〕

红豆生长在阳光明媚的南方，

春天来了它能长出多少新枝呢？

希望你能多采摘一些，

因为它最能寄托人们的相思之情。

【老梁解读】

王维这首《相思》是写给南方朋友的一首诗，核心的主题就是相思。

红豆也叫相思豆，它是南方的一种树上结的小小的果实，圆圆的，小小的，颜色比较鲜艳，有点儿类似珊瑚。但是这个红豆有毒，人是不能吃的。

为什么有毒的红豆反而叫相思豆呢？传说有个女子思念丈夫，后来得知丈夫死在外面，她很伤心，日夜靠在门前的树下恸哭，眼泪流干了，眼睛里流出了血，血泪染红了树根，于是结出了具有相思意义的红色小豆子。

这个故事类似当初舜的两个妃子娥皇、女英因为舜的去世而哭，她们的眼泪滴在竹子上形成了湘妃竹。

王维写给南方朋友的这首诗，意思是说：朋友你住的那个地方有红豆，现在春天到了，不知道红豆又结得怎么样了，漂亮不漂亮？希望你不要辜负大好春光，多采点相思豆，因为红豆能代表相思之情。

古人的相思绝不仅仅指男女之间，男人和男人，女人和女人，好朋友之间的友谊，都是古人诗里面的相思。

王维写诗作画，诗中有画，画中有诗。他不仅仅能写气魄宏大的诗，像这种小品文式的诗他写起来也很优美，从一个小小的红豆上面，就能寄托对远方朋友的思念之情，同时又有几多趣味。

仿佛王维在和朋友说："如果你思念我了也不要紧，你多去采撷一些红豆，这个东西就代表着你在思念远方的我，同时，你看到红豆，也仿佛看到了远方的我在想念你。"这么一个小小的红豆作为相思豆，把相思之情描摹得淋漓尽致，而且显得非常优雅，非常有品位。

祖國萬歲

辛未年秋月 師白

【大红妈妈领读】

扫码听音频

寒　食

唐·韩翃

春城无处不飞花，

寒食东风御柳斜。

日暮汉宫传蜡烛，

轻烟散入五侯家。

〔释义〕

暮春时节，长安城处处柳絮飞舞、落花无数。

寒食节里，和煦的东风吹拂着宫中的柳枝。

夜幕降临，皇宫里忙着传赐蜡烛，

缕缕轻烟，散入王侯贵戚的家中。

【老梁解读】

这是唐代诗人韩翃于唐德宗年间写的一首《寒食》，描绘了一幅寒食节长安城内富有浓郁情味的风俗画。

古时候，寒食节是在清明节的前一两天，是和清明连在一起的，这个节日是为了纪念春秋时期晋文公的大臣介之推的。

介之推曾经陪晋文公重耳在外流亡，在流亡的路上经常要忍饥挨饿，一次重耳即将饿死，介之推就把自己腿上的肉割下来一块儿，熬了一碗肉汤给重耳喝。后来重耳当上了晋国的国君，想要报答介之推，就打算让介之推当大官，介之推却推辞了，还带着自己的老母亲隐居到山西介休的绵山里。

但重耳依然想要让他当官，他想到这个介之推很孝顺母亲，于是让手下放火烧山，心想介之推一定不忍心自己的母亲被烧死，于是就肯下山来当官了。但重耳没有想到，介之推背着母亲躲进了一个树洞，结果大火把母子二人都给熏死了。

重耳非常后悔，因为是自己下令烧山造成了介之推母子的死，于是下令从今往后在这个日子里不准大家起火做饭，不准见明火，吃饭要吃凉的和生的东西，所以这个时节又被叫作寒食节。寒食节之后，大家出来在外边踏青，迎接春天的到来，这就形成了清明节。

但韩翃写这首诗，着眼点不在这个故事里。"春城无处不飞花"，说的是当时长安城过寒食节的景象，这时候正赶上春天，开始有柳絮了。"寒食东风御柳斜"，因为寒食节的习俗是家家门口要插柳枝，就算是皇宫里，也要按照这习俗插上柳枝。

"日暮汉宫传蜡烛"，在寒食节老百姓是不准许生明火的，可是宫里、宫外的这些权贵可以用明火、点蜡烛，皇宫里给这些贵族发蜡烛。"轻烟散入五侯家"，蜡烛的烟飘到了五侯家里，五侯指的是东汉末年的几个宦官，这几个宦官一天之内都被封侯，所以后来用五侯泛指权贵。

这两句表达的意思是：只许州官放火，不许百姓点灯，虽然寒食节为了纪念介之推，家家不生火，但是皇家、贵族却有特权，可以用蜡烛。所以韩翃写这首诗的用意是讽刺贵族和老百姓的不平等，讽刺慎终追远的过程当中，这些权贵为了享受生活，根本不考虑传统文化当中这些习俗。

【大红妈妈领读】

扫码听音频

早春呈水部
张十八员外·其一

唐·韩愈

天街小雨润如酥，

草色遥看近却无。

最是一年春好处，

绝胜烟柳满皇都。

〔**释义**〕

京城街道下着蒙蒙细雨，雨丝像酥油般细密而滋润，

远远望去，翠绿的小草依稀连成一片，近看时却显得稀疏零星。

这是一年中最美的季节，

远远胜过绿柳满城的晚春。

【老梁解读】

　　这首诗中张十八叫张籍，是作者韩愈的好朋友。张籍也是一位诗人，他在家里排行第十八，所以叫张十八。水部，是隋唐时期三省六部制中工部下面的一个部门，它管的是和水有关的工程，如渡口、船、桥头，放在现在来说有点类似于水上交通司，员外指这个司的副司长。就是说张籍张十八，是工部下边的水上交通司的副司长。韩愈这时候是吏部侍郎，相当于现在的人力资源部副部长。

　　韩愈和张籍两个人是好朋友。正赶上早春时节，下小雨了，在都城长安，韩愈见到这景象，就把自己心中的感悟写给自己的好朋友。

　　"天街小雨润如酥，草色遥看近却无。"这个时候街上下的小雨"润如酥"，指春雨贵如油，让人感觉很滋润、很舒服。第二句是千古名句，"草色遥看近却无"，就是说这个时候冬季刚过，百草枯黄的时节已经过去了，可是地上的草还大半都是淡黄色，还没转成青颜色。近距离低头一看这草还不是绿的，只是已经泛青了，但是远远看去，青青草色依稀连成一片，这就是"草色遥看近却无"，已经有成片成片的青绿色了。所以离远了看，一片青绿，但是离近了看，看着不那么明显。

　　后两句则是诗人对这种景色的人生感悟："最是一年春好处，绝胜烟柳满皇都。"它一年当中这个时候最好，因为它自然、清新、朴素。而当时皇都里边的很多植物都是从全国各地运来的，虽然看着漂亮，但它不是自然而来的。所以韩愈这时候觉得，一年春好处，比皇城里那些人造的景点、从外地挪来的那些植物要好得多。

　　所谓得其质朴、得其清新、得其自然，韩愈为什么有这样的感觉？因为这时他已经步入职业生涯的后期，写这首诗之后的第二年就去世了。久历官场的繁华，韩愈也有些厌倦，他也渴望回归清新自然的生活，这首诗是诗人当时心境非常微妙的描述。

题都城南庄

唐·崔护

去年今日此门中，
人面桃花相映红。
人面不知何处去，
桃花依旧笑春风。

〔释义〕

去年今天，就在这扇门里，
姑娘美丽的脸庞和鲜艳的桃花相互映衬。
今日再来此地，姑娘已不知去向，
只有桃花依旧，含笑怒放在春风中。

【老梁解读】

崔护这首《题都城南庄》讲述了一个千古之下爱恨绵绵的爱情故事。

崔护多次科举考试都没考上，心情很烦闷，为了排遣心情就趁着春天出去游玩，来到了都城西安的南边，看到了一个村庄，周围的风景很好，路过一户人家时，从门外看过去发现院里站着一个姑娘，觉得非常好看。

"去年今日此门中，人面桃花相映红。"诗人说，就在去年的今天，就在这个门里边我看到一位姑娘，这院里有几棵桃树，那粉红白嫩的桃花和那姑娘的脸色一样，都特别漂亮。

当然，那个时候诗人不可能走进去细看门里的姑娘，因为很不礼貌，需要保持一段距离，但就因为有这一段距离，才发现姑娘越看越好看，于是他就记住这件事。

"人面不知何处去，桃花依旧笑春风。"也许是受了这漂亮姑娘的暗示，他第二年故地重游。而且这一年里崔护用功学习，到科场还真的考上了，这次故地重游心情就完全不同了，心中是无比畅快得意的，而且很想再找这女孩，看看有没有可能结为连理。但是过去一看，这家人已经搬走了，完全不知道去了哪里，只有桃花还和去年一样在春风里盛开。

这首诗给读者留下了无尽的缱绻之情，它反映的是非常细腻的感情，它是理想化的状态，只见了这个女孩一面，作者就把所有美好的东西寄托到了她的身上，

作者虽然只看了一眼却入了心里，一年之后，女孩再也找不到，作者就觉得这个女孩是世上最美好的。

诗人在实写，但也是在虚写，他也在形容人生追求的某些目标，由于始终追求不到，就会认为这个目标是人生的最高境界，最美好、最理想、最舒适的东西，但实际往往和这个是有差距的。

因此我们想，人只有不断地去追求一种东西，而且不断地追求不到，才会觉得人生有向往，当所有的东西都已经得到，人生的意义就丧失了。所以西方的哲学家说的有道理，人生有两种悲哀，一种是得到了，一种是得不到。

扫码听音频

渡汉江

唐·宋之问

岭外音书断，
经冬复历春。
近乡情更怯，
不敢问来人。

〔释义〕

流放到岭南和家人断了音信，
熬过了冬天又经历一个新春。
离家越近心里就越胆怯，
不敢询问从家乡那边过来的人。

【老梁解读】

宋之问这首《渡汉江》是一首典型的思乡诗，但是它在诸多的思乡诗中又是比较独特的一首。因为它反映的思乡之情既细腻又复杂，还有一些不足为外人道的因素。

"岭外音书断，经冬复历春。"说的是诗人被贬到五岭以南，和老家那边断了联系，没有什么音信，经过冬天又经历了春天，在这里已经待了好几个月了，一个经，一个复，反映了日子难熬，诗人日常是掐着手指头算日子，在这个地方想家想得不行了。

"岭外"就是岭南地区。岭指的是五岭，毛泽东诗词里面有一个"五岭逶迤腾细浪"说的就是五岭，它是由骑田岭、越城岭、都庞岭、大庾岭、萌渚岭这五座山岭组成的。唐代的五岭山势崎岖，五岭以南还没有经过大规模开发，因此被称为蛮荒之地，一直到宰相张九龄打通了一条古道，这个地方才和中原地区有一些正常的往来，但在宋之问的时候，这一块还是比较蛮荒偏僻的。

诗人因为想家，于是做了一个大胆的举动，违背了朝廷的规定，偷偷摸摸地翻山越岭，渡过汉水逃回了老家。而之后的两句写的就是他此刻的心态，"近乡情更怯，不敢问来人"。离家乡越来越近了，心里反而越来越担忧、恐惧、害怕，看到过来的家乡的人都不敢打听自己家里的情况。

为什么不敢打听家里的情况呢？"怯"和"不敢"就体现了诗人非常复杂的

感情。

诗人离开老家近半年，什么音信都没有，他害怕家里出事，或者有什么坏消息，他不想承受坏消息给自己带来的冲击。

另外，诗人是违背朝廷的制度偷偷摸摸跑回来的，如果真碰到个熟人被举报了，自己又会被贬回岭南。

对于这两方面，诗人心里很没底，所以这时候越是碰到家乡人，越不敢问什么情况，心情是非常忐忑的。

写思乡之情的诗，这么复杂而又细腻的，宋之问可以说是个中翘楚！读者仔细根据诗人那时的心情来思考就能意识到，诗人描写这类感情的笔力厉害到何等地步。

【大红妈妈领读】

扫码听音频

登科后

唐·孟郊

昔日龌龊不足夸，

今朝放荡思无涯。

春风得意马蹄疾，

一日看尽长安花。

〔释义〕

以往不如意的日子再也不足一提，
现在金榜题名，令人神采飞扬。
迎着浩荡春风得意地纵马奔驰，
一日之内就赏遍了京城名花。

【老梁解读】

这首诗的作者是写"谁言寸草心，报得三春晖"的孟郊，孟郊从小就没了父亲，跟着母亲长大，所以他对母爱体会很深。可他偏偏迟迟不能报答母亲的养育之恩，因为他一而再、再而三地参加科举，却屡考不中。终于在 46 岁那年，他考中了进士，而这首诗就是写他考中进士之后被派出去当官时的心情。

当时的孟郊，面对人生的一次重大突破，他已经喜不自持，无法控制自己了。

诗的名字叫《登科后》，唐朝的科举，考上了进士叫及第，再把这些人送到吏部去面试，由吏部考核之后派给官位，这才叫登科。

孟郊不光考上了进士，而且已经被安排当官了，诗人想到的是自己人生多年孜孜以求的愿望实现了，也能够报答母亲的养育之恩了，他的心情高兴得不得了。这首诗就把他当时的心态写出来了。

"昔日龌龊不足夸，今朝放荡思无涯。"意思是：当年那些贫苦、困窘的事儿，今天就不值一提了，今天我的心飘得像上天一样，觉得整个天地都容不下我了。

"春风得意马蹄疾，一日看尽长安花。"意思是：我正飘飘然呢，正好赶上春天这风一吹，心里就更加飘飘然，飞快地驾着马，一天就把长安所有的花都看尽了。实质上就是心花怒放。

其实，人在高兴的心态下，就会觉得什么都好，所以飘飘然。这两句诗给我们留下了两个成语：一个是春风得意，一个是走马观花。

　　走马观花就是心里高兴，看什么也不细致。"一日看尽长安花"，特高兴的时候，诗人确实是无法仔细地看长安花到底好在哪儿的。所以千年之后，读者再读这首诗，依然能够体会到孟郊当时乐得都要发疯了的感觉。

【大红妈妈领读】

扫码听音频

金缕衣

唐·无名氏

劝君莫惜金缕衣，

劝君惜取少年时。

花开堪折直须折，

莫待无花空折枝。

〔**释义**〕

我劝你不要太爱惜华贵的金缕衣，

我劝你一定要珍惜青春少年时。

花可以折的时候就要抓紧去折，

不要等到鲜花凋零只折取了空花枝。

【老梁解读】

"劝君莫惜金缕衣，劝君惜取少年时"，意思是：朋友们，你们不要太珍惜那个金缕衣，而要珍惜青春年少的大好时光。

金缕衣是衣服用金丝连接，比喻比较贵的衣服。课本里曾有金缕玉衣，金缕玉衣不光用金丝连接，上面还有玉石做的小碎片，是非常宝贵的。金缕衣是汉代规格最高的丧葬殓服，大致出现在西汉文景时期。

"花开堪折直须折，莫待无花空折枝"，意思是：花开了你要是能把它折下来，戴到自己的头发上就赶快去折。别等到有朝一日花已凋谢，你只能去折那些树枝。用三个"折"来比喻应该把握住当下的大好时光。行乐须及春，青春年少，该高兴就高兴。

今天把它引申起来说，就是在什么岁数，要做什么岁数的事情，等错过了光阴就再也没有机会了。

比如有的小孩小时候挺聪明，模仿力挺强，家长就带他上这个节目，上那个节目，弄得孩子成了小明星，可没想到这对孩子成长一点儿好处都没有。

孩子慢慢觉得自己比别的孩子高出一等，失去了跟小伙伴平等对话的乐趣。等到再大一点儿之后，发现自己这能耐不外乎是模仿力强，并不能真正说明自己是神童，何况就算成了神童又能如何呢？也失去了美好的童年。

　　所以也可以把这首诗作为给家长的一个警钟。孩子在什么岁数，就让他干什么岁数的事情，千万不要拔苗助长，不要让他过早地接触名利世界。

扫码听音频

元　日

宋·王安石

爆竹声中一岁除，

春风送暖入屠苏。

千门万户曈曈日，

总把新桃换旧符。

〔释义〕

伴随着噼里啪啦的爆竹声，旧的一年已经过去。

和暖的春风吹来了新年，合家团圆畅饮着屠苏酒。

初升的太阳照耀着千家万户，

人们都把旧的桃符取下，换上新的桃符。

【老梁解读】

元日就是大年初一头一天。王安石的这首诗从文学价值上来讲并不算太高，但是他却留下了非常宝贵的民俗史料。

诗中讲了中国古代北宋时期的人，过年都干什么。诗中说"爆竹声中一岁除"，放鞭炮那时候就有了。

"春风送暖入屠苏"，屠苏是一种草，喝了这个草泡制的酒之后，春天的瘟疫就找不上你了，作用类似于五月初五饮雄黄酒。

这首诗的后边两句非常关键，"千门万户曈曈日，总把新桃换旧符"。曈曈指阳光耀眼，是大年初一早晨起来，阳光播撒的时候。"总把新桃换旧符"这句诗，直接点出了现代民俗当中春联的起源。

"新桃换旧符"是指古人为了祈福，在门上请道士画符等。为什么是桃木呢？因为我国民间文化认为，桃木能辟邪。桃符是在桃木上边刻上字、刻上画，最早是门神，后来一点点变成各种符号，到后来就变成字。到了五代十国的后蜀，出现了对联。

相传第一副对联，是把桃符上的字变成"新年纳余庆，嘉节号长春"这样祝愿的词。王安石的诗证明了大年初一那天，家家户户贴春联，"总把新桃换旧符"

这个形式至少从北宋开始就有了。所以这首诗的民俗史料价值，要远远高过它的文学价值。

【大红妈妈领读】

泊船瓜洲

宋·王安石

京口瓜洲一水间，
钟山只隔数重山。
春风又绿江南岸，
明月何时照我还？

〔释义〕

京口和瓜洲之间只隔着一条长江，

钟山与这里也只隔着几座山。

和煦的春风又吹绿了江南水岸，

明月什么时候才能照着我回来呢？

【老梁解读】

要读懂这首《泊船瓜洲》，必须要了解作者王安石在当时处在什么样的境遇。这首诗是王安石被贬之后，朝廷第二次把他招回去，重新当宰相，他发出的感慨。

王安石是有名的改革者、变法家，他第一次变法和他的政治对手司马光这些人吵得很激烈，后来皇上不支持他，把他贬到外地去了。他当时的贬所就是诗里的钟山，这个"钟山"就是南京的紫金山。

后来皇帝又把他重新招回去，就是王安石第二次拜相。他从钟山出发，到了瓜洲渡口，对面就是京口，他要穿过长江，回到汴梁做官。这个时候，船晚间在岸边抛锚，王安石在船上看到了外面的景物，明月照下来，已经是春天了，郁郁葱葱的，所以他产生了感慨。

"春风又绿江南岸，明月何时照我还。"这句话的意思是：一年又一年啊，为了国事操劳，这次进京，还要继续以前的变法，可是前途未卜，谁知道皇上又是什么样的心态呢？说不定哪天又回来了。下一次隐退是什么时候？是不是这辈子回不来了？索性回家养老得了，何必在这个大风大浪当中感受这些风险呢？

所以我们能够看出来，这时的王安石已经有点儿厌倦仕途了，稍微带着一点消极避世的态度。

这首诗的最后一句"春风又绿江南岸，明月何时照我还"极为精妙。很多人都说这个春风又绿的"绿"字用得太漂亮了，它一下子把春风吹来，整个江南变得郁郁葱葱的拟人手法给用活了。春风就好比"上帝之手"，经它抚摸过的地方，一下变绿了，好像这个绿不是自然而然的，而是春风带过来的。

这个字其实是王安石经过反复推敲的，最开始他写的是"春风又到江南岸"，觉得不满意，又改成"春风又过江南岸"，还不满意，"春风又入江南岸"，"春风又满江南岸"，换了至少七八个字，最终觉得这个"绿"字非常传神。

所以古人写诗词，不像现在人想象的那样，诗兴大发，一遍就成。有很多诗人属于苦吟，有首诗说的好，"两句三年得，一吟双泪流。知音如不赏，归卧故山秋"。

扫码听音频

惠崇春江晚景·其一

宋·苏轼

竹外桃花三两枝，

春江水暖鸭先知。

蒌蒿满地芦芽短，

正是河豚欲上时。

〔释义〕

竹林外边，两三枝桃花开放，

鸭子最先察觉到初春江水的回暖。

河滩上满是蒌蒿，芦笋也开始抽芽，

这也正是河豚逆江而上，准备产卵的季节。

【 老梁解读 】

苏轼这首诗的名字叫《惠崇春江晚景》，什么意思呢？惠崇是唐代一个有名的和尚，擅长写诗，也擅长绘画，他画了一幅画，名字叫《春江晚景》，苏东坡配的诗。但是现在《春江晚景》这幅画早就失传了，所以现在很多画家根据苏东坡这首诗的意境来描绘它。

你看，"竹外桃花三两枝，春江水暖鸭先知"。这是春季江边的一些景象。鸭子知道水的冷暖，因为水一旦暖了，鸭子就愿意在水里活动。后边两句很有意思，显得很有生活情趣，"蒌蒿满地芦芽短，正是河豚欲上时"。"蒌蒿"是什么呢？是在江边生长的一种草本植物，它刚长出来比较嫩，能吃。"芦芽"呢，就是芦苇的幼芽，也能吃。怎么突然间说到吃了呢？一个是"蒌蒿满地芦芽短"，正是开春；再一个"正是河豚欲上时"，"河豚"有些朋友吃过。这个鱼有毒，人吃完容易中毒，毒在哪儿呢？河豚毒素在肝脏、生殖腺、肠胃及血液中，其含毒量的大小，又因不同养殖环境及季节上的变化而有差别。要把河豚处理好了，把有毒部位去掉，再品尝，非常美味。我就吃过河豚，河豚确实比其他鱼要鲜美得多。但是在中国古代，由于去毒的手艺不是那么纯粹，经常有人吃了河豚中毒，所以有人说吃河豚中毒是为了什么呢？就为了美味，为了口腹之欲舍生忘死，就类似《射雕英雄传》里的洪七公似的，要吃不要命。

那么"正是河豚欲上时"，有人说这"上"就是指逆流而上的意思，这河豚

逆流就上来了，这是不完全对的。这个"上"应该是什么
意思呢？其实就是这个时候不但是河豚迴游产卵的季节，
也是它正好成熟，可以吃了的时候，能被渔翁捕捞贩卖了。
所以后两句为什么有生活气息呢？"蒌蒿满地芦芽短"，
蒌蒿和芦苇芽往往跟河豚一块儿炖着吃，有荤有素，这是
当地的一个传统习俗，所以说这一幕意味着春江好时节，
满眼的风光很秀丽，同时人的吃喝欲望也能够得到满足。
因为我们知道苏东坡好吃，东坡肉、东坡肘子、东坡豆腐
等都是他发明的。那么面对河豚美味，苏东坡焉能袖手旁
观？所以他这首诗里也写出了"荤素搭配，吃起来不累"
的一种饮食情怀和精致的生活情趣。

【大红妈妈领读】

扫码听音频

春 日

宋·朱熹

胜日寻芳泗水滨，

无边光景一时新。

等闲识得东风面，

万紫千红总是春。

〔**释义**〕

春光明媚的日子里，到泗水河畔游春。

放眼望去，无限风光都焕然一新。

随处都可以看到春天的面貌，

百花齐放，万紫千红，到处都是春天的景象。

【老梁解读】

　　要想深入地理解这首诗，必须要了解作者朱熹这个人。朱熹是孔庙里面供奉的唯一不是孔子亲传弟子的人，后世更是把朱熹称为圣人，因为是他把儒家思想发扬光大，使儒家思想成为元、明、清三朝的主流意识形态。

　　朱熹是一个大学问家、大理论家，他写的诗往往蕴含着比较深刻的人生思辨和哲理思维，这首诗就是一个典型。

　　"胜日寻芳泗水滨"，"胜日"是晴朗的天，"寻芳"就是去赏花，"泗水"在山东东部，这句诗的意思是：在晴朗的天，我们到泗水边赏花。

　　"无边光景一时新"，突然发现这里的风景和以前看到的不一样了，都是新的，为什么会这样呢？因为春天来了。

　　"等闲识得东风面"，不经意间，春风就迎面吹来了。"东风"就是春风，"等闲"意思是不经意间，就是很随意的状态。

　　"万紫千红总是春"，诗人发现眼前所有的花、草、树木呈现欣欣向荣的景象，因为春天到来了，才有这"无边光景一时新"。

　　这其中的哲学思维就是朱熹理论的核心——"知先行后"，人在懂得了某个道理之后，自然就会发现现实当中很多行为、事物应该怎样去理解。用在这首诗里就是：作者先知道春天到了，刮起了春风，这是"因"，然后看到万紫千红，这是"果"。如果没有春风的到来，万紫千红就不成立，眼前看到万紫千红的美丽景色，是春风催化的结果。

所以这里面的"知"就是春风带来了欣欣向荣，"行"是作者看到的万紫千红的画面，泗水滨群芳一览的画面。朱熹通过这么一首诗，体现了他"知先行后"的哲学思维。

扫码听音频

题临安邸

宋·林升

山外青山楼外楼，

西湖歌舞几时休？

暖风熏得游人醉，

直把杭州作汴州。

〔释义〕

青山无尽，楼阁连绵，望不见头，
西湖边上轻歌曼舞，几时才能停休？
暖洋洋的风吹得贵人如醉，
简直是把杭州当成了汴州。

【老梁解读】

《题临安邸》是一首时政讽刺诗，说的是诗人在杭州生活时，看到眼前一派莺歌燕舞的景象，心里想到的却是北方的大片国土都让金国占去了，可眼下统治者却不思进取，不想收复河山，一味在杭州饮酒作乐。所以，整首诗里诗人的内心世界是充满着怨恨和愤怒的。

《题临安邸》的名字里，"题"是题写的意思，一般是在墙上题写，临安邸是诗人在杭州住的旅店，"邸"过去指官邸，官员住的地方，后来就泛指所有的旅店。

在这首诗里，诗人先写了眼前的景物，"山外青山楼外楼"，指南宋统治者

在风景区西湖边上建了很多漂亮的房子，"楼外楼"，意思是楼阁都连成一片了。

"西湖歌舞几时休"，意思是从白天到晚上，莺歌燕舞，桃红柳绿的，什么时候是个头啊？其中的"几时休"是一个讽刺。

"暖风熏得游人醉，直把杭州作汴州。"这微微吹动的春风把人都熏醉了，陶醉了，什么都忘了，把杭州当作汴州了。汴州是宋朝的古都东京汴梁城，原来北宋的都城，就是现在的开封，后来北宋被金国灭亡之后，宋高宗在今天的杭州称帝，史称南宋。

诗人的意思是：杭州本来是偏安一隅的临时陪都，现在朝廷却把这个地方当作原来的首都，完全忘记了国仇家恨，忘记了徽、钦二帝被掳到五国城去坐井观天。所以这首诗里，诗人怀着非常大的愤慨，在写景的过程当中，把这种时政讽刺的味道体现得淋漓尽致。

【大红妈妈领读】

扫码听音频

游园不值

宋·叶绍翁

应怜屐齿印苍苔，

小扣柴扉久不开。

春色满园关不住，

一枝红杏出墙来。

〔释义〕

大概是园子的主人担心我的木屐踩坏他爱惜的青苔，
所以轻轻地敲门，很长时间都没有人来开。
但满园的春光美景是关不住的，
你看，那儿有一枝红色的杏花偷偷地伸出墙头来了。

【老梁解读】

我们的古诗，有些是诗人有感而发，有些则源自对生活细致入微的观察，像这首《游园不值》就是典型。

"游园不值"的意思就是打算到一个花园、公园去游览，可是很遗憾没能进去。"值"是遇到的意思，"不值"就是没有遇到。这本来是一个抱怨的过程，但是叶绍翁写来却显得非常有情趣。

"应怜屐齿印苍苔"，是说诗人到了这个花园的门口，"小扣柴扉久不开"，结果敲半天门没人来开门，诗人没有办法进入这花园。在这个时候，诗人回头发现自己穿的木屐印到这门口的苔藓上了，把青苔给踏出印了。

木屐就是古人穿的木头做的鞋，两边有一个类似鞋钉的东西，可以防止人在光滑的地面上滑倒。

　　"春色满园关不住，一枝红杏出墙来。"正为进不去花园郁闷的时候，诗人突然间一抬头，门旁边的墙上有一枝红杏探出头来了。所以诗人有感而发，满园的春色，不是一个门能挡住的。这些花朵长得这么漂亮、鲜艳，希望有更多人能欣赏它，看到它，所以春色满园是关不住的。

　　诗人的角度非常独特，虽然看不见满园春色，但是一枝红杏能出墙来，说明满园春色之茂盛、风光、鲜艳，进一步写出春色如人一样不甘于寂寞的心态，一下子把"春色"两个字给写活了。

【大红妈妈领读】

扫码听音频

咏 柳

宋·曾巩

乱条犹未变初黄，

倚得东风势便狂。

解把飞花蒙日月，

不知天地有清霜。

〔释义〕

零乱的柳枝条还没有变黄，

它就倚仗着东风的吹拂狂飘乱舞。

只知道将它的柳絮漫天飞舞，企图遮蔽日月的光辉，

却不知这天地间还有清寒冷冽的秋霜。

【老梁解读】

曾巩这首《咏柳》，是托物言志诗。托物言志诗就是借助对大自然或者生活当中某种事物的描摹，来体现作者自身的理想、情操、情怀、观点。托物言志很多时候是用来表达作者的情怀，但是这首诗是借助柳树来反映作者的观点和态度。

春天的柳树，它的颜色还没变过来，还没有改变当初抽条时嫩嫩的黄色，"倚得东风势便狂"，可借助着吹过来的东风，上下飞舞，不可一世。开始两句作者是说有很多小人没有立下什么功劳，根基也不稳，可是一朝得志，就猖狂起来了，拉山头组织势力，打压贞良死节之臣，表达了作者对当时朝廷上小人当道的情况非常不满。

作者警告这些小人，"解把飞花蒙日月，不知天地有清霜。"意思就是，你们就知道把这柳絮飞扬起来，妄图把日月都遮蔽上，但是我们都知道，柳絮再大，再漫天飞舞，等到秋霜一到，就飞不起来了。

"飞花蒙日月"是指，这些小人通过蒙蔽皇帝来把持超纲。"不知天地有清霜"这是诗人在警告小人们，人间正道是沧桑，别看你们现在闹得欢，就怕将来拉清单，等到秋天到了，霜一下来，你们柳树就作不起来了，你们这柳条就飞不起来了，到时候小人就会受到人间正道的无情打压。

诗人是通过自然界的沧桑变化的自然规律，来比喻在官场上，最终是邪不胜正的。这首诗是诗人在政治上不得志、仕途不顺时所作，诗人很耿直地希望报效朝廷，但是小人当道，他没有机会，而且遭到小人构陷，所以他借助描述春天的柳树，来发泄心中的不满，表达自己的观点。

托物言志不光是抒发自己的情怀，也经常用来表达自己的观点，而这些观点往往包含了赞颂和讽喻，这首诗就是典型的托物言志诗里的讽喻诗。

扫码听音频

自菩提步月归广化寺

宋·欧阳修

春岩瀑泉响，

夜久山已寂。

明月净松林，

千峰同一色。

〔释义〕

春天的岩石上，瀑布哗哗作响，

夜色已深，群山归于沉寂。

皎洁的明月映照松林，静谧的松林显得那么干净。

夜色笼罩下的巍峨群山，远远望去，就好像一个颜色。

【老梁解读】

　　这是一首咏月诗，它是诗人在旅途中，踏着月光，看到的山林景色。这种景色和我们在其他诗词当中感受到的完全不同，因为它的时间、地点都比较独特。

　　首先从时间上来讲，这已经是接近深夜；从地点上来说，它是比较寂静的山林，所以你看它的描摹和其他诗词不一样。"春岩瀑泉响"，"春岩"就是春天的山石，

这个上边有瀑布流淌下来的声音。

"夜久山已寂"，就是这时候已经入夜，山林完全寂静下来了。它这种描述是相对的描述，正是因为夜深了我们听到这个瀑泉响，你才感觉山林里是非常寂静的。原因就是白天有鸟鸣、有风声、有人声，那么泉水流动的声音就不那么引人注意。所以这种相对的描写方式，能够让人印象很深刻。

后边是"明月净松林，千峰同一色"。这是由听觉描写转成视觉描写，意思就是明月的照耀，仿佛能够让树林变得晶莹剔透。"千峰同一色"正是由于月光播撒下来，才让所有的山峰都有灰蒙蒙的流动似的光泽。

读完这首诗，我们闭上眼睛，仿佛看到了月色之下的松林山峰栩栩如生地立在面前。为什么诗人能发现我们没有发现过的那种美呢？

这首诗的名字叫《自菩提步月归广化寺》，"菩提"是菩提寺。诗人在这个地方遇到了一个叫陈经的朋友，是个秀才。这天欧阳修陪着陈经从洛阳到龙门去玩，洛阳到龙门大概十几里地，可以当天走个来回，但是诗人觉得这样走马观花没意思，于是就提议去菩提寺玩，回来时也不马上回到洛阳，而是去途中那个叫广化寺的地方，住一晚上。

所以他们白天到了菩提寺尽兴游览，然后晚上踏着月色回广化寺住，就是把一天的行程分成两天。所以正是相对宽松的时间，才有这样悠悠然的兴致，他们乘着朦胧的月色在山林里行走，这才看到了别人看不到的东西。

对于那些爱旅游的朋友，时间也不要安排得太紧，景点也不要走马观花地看。有时候大自然的美，旅行过程当中的美，需要你在悠闲、时间宽松的情况下细细品味，切忌走马观花。

【大红妈妈领读】

春日偶成

宋·程颢

云淡风轻近午天，

傍花随柳过前川。

时人不识余心乐，

将谓偷闲学少年。

〔释义〕

微风轻拂，浮云淡薄，已经接近中午。

在花丛柳林间穿行，来到了前面的河畔。

旁人不理解我此刻内心的快乐，

还以为我在学年轻人的模样，趁着大好时光忙里偷闲呢。

【老梁解读】

　　这首《春日偶成》写得非常洒脱，作者是宋代理学家程颢。他的理学特点就是将儒家的社会、民族及伦理道德和个人生命信仰理念，构成完整的概念化、系统化的哲学及信仰体系，并使其逻辑化，心性化、抽象化和真理化。理学就是新儒学。程颢曾和弟弟程颐学于周敦颐，合称"二程"，同为北宋理学的奠基者，后来他们的思想为朱熹所继承和发展，世称"程朱学派"。

　　我们发现，那些独立形成一套完整理论体系的人，往往在生活当中是卓尔不群的人，有时候他们的想法很难被其他人理解。这首《春日偶成》，表面上是写春天，作者游春，闲庭信步，但其实他要表述的是其他人很难理解的内心。

　　诗中作者在替自己辩白的同时，又透出几分清高和扬扬自得。

　　"云淡风轻近午天，傍花随柳过前川。"说在春日快到中午，云淡风轻，天气好得不得了，我穿越花丛，又穿越小树林，走过前面的小河。"时人不识余心乐"中的"时人"就是当时的人，也指普通人，普通人根本不了解我，不了解我心里的充盈和快乐。"将谓偷闲学少年"，意思是还以为我像那些年轻人一样，赶上天好，嘻嘻哈哈偷个空出来玩。

　　你看我云淡风轻、傍花随柳，我是借助这样的好风景，在悠闲自得的氛围当中，思考自己对这个世界的认知和理想，所以我和那些出来玩的年轻人是完全不一样的。

　　其实他这话里头有几分辩白，也有几分清高。"时人不识余心乐，将谓偷闲学少年。"我怎么能和那些黄口小儿一样，我程颢是什么人。所以说这首诗里边能看出这个诗人借助这个诗，表达了自己洒脱清高的心情。

　　我们在读古诗词时不要仅仅就字面理解，最好自己能钻到诗词里边，站在古人的角度来思考，这个时候是什么样的心态，是用什么样的心态来面对这个世界的，这时，你可能就对古诗词里边那些含义隽永的地方，有深刻的体会。

【大红妈妈领读】

扫码听音频

送　春

宋·王令

三月残花落更开，

小檐日日燕飞来。

子规夜半犹啼血，

不信东风唤不回。

〔**释义**〕

暮春三月，花儿凋落，又会重开，
屋檐下的燕子走了还会回来。
只有杜鹃鸟半夜三更还在悲啼，
不相信那春天唤不回来。

【老梁解读】

这首诗名字叫《送春》，中国古人写诗，不光有悲秋，也有悲春。当暮春三月，春天要过去，有些诗人会有无限的感慨，这首《送春》就是典型。

"三月残花落更开，小檐日日燕飞来。"就是说到了暮春三月，春天要过去了，有很多春天开放的花，这时候已经变成残花了，但是它落下来，马上就会有新的花开出来，就是夏天的花又上来了。"小檐日日燕飞来"就是在房檐底下，那燕子每天飞回来飞出去。意思就是春天燕子回来筑窝了，这个时候燕子已经有了小燕子了，它每天出去叼食回来喂自己的后代。

这两句诗形象地说明大自然的新陈代谢是永不停息的，长江后浪推前浪。

对于春天将逝时，诗人心里头是有几分难过的，后两句成为千古名句，跟前两句风格迥异，一下子转到一个很悲的调子。"子规夜半犹啼血，不信东风唤不回。"

子规是我们说的一种鸟，也叫布谷鸟，也叫杜鹃，杜鹃的叫声比较短促，听起来很凄苦。杜鹃的舌头和嘴里的颜色都是红色的，所以古人以为杜鹃鸟每一次啼叫都把血啼出来了，就是说它的叫声声嘶力竭得像在吐血。而且满山的杜鹃花红艳艳的，有人认为杜鹃花就是杜鹃鸟吐的血染成的。所以在中国古代，人们往往将杜鹃和悲苦的事联系到一起。

传说，战国时期蜀国国君名字叫杜宇，被称为望帝，他当年在四川治水有功，后来累死了，传说他死后化成杜鹃，每天晚上在那啼叫。李商隐有一首诗这样写："庄生晓梦迷蝴蝶，望帝春心托杜鹃。"就把杜鹃和这个很悲苦的故事联系到一块儿。

诗人说杜鹃三更半夜不休息，在那儿啼叫，都把血啼出来了，"不信东风唤不回"。杜鹃相信经过它这么啼叫，一定能把春风再唤回来。诗人用"子规夜半犹啼血，不信东风唤不回"来表达竭尽全力留住美好时光的意思，既表达了珍惜的心情，又显示了自信和努力的态度。表现了自己顽强进取，执着追求美好未来的坚定信念和乐观精神。这首诗的子规与以往大部分诗里借喻哀伤、凄切的含义较不相同，带有比较积极的意义。

浣溪沙

宋·晏殊

一曲新词酒一杯，

去年天气旧亭台。

夕阳西下几时回？

无可奈何花落去，

似曾相识燕归来。

小园香径独徘徊。

〔释义〕

一边作词一边饮酒，亭台依旧，此时的天气也与去年相同。

夕阳西下，何时才能归来？

花儿凋零令人无奈，那归来的燕子似曾相识。

我独自一人在花园小径里徘徊。

【老梁解读】

晏殊的这阕《浣溪沙》是中国古典诗词当中，视角非常独特的一阕词。这首《浣溪沙》脍炙人口，广为传诵，情中有思。词中似乎于无意间描写司空见惯的现象，却有意味深长的哲理，启迪人们从较高层次思索宇宙、人生问题。词中涉及时间永恒而人生有限这样深广的意念，表现得极其含蓄，引人深思。

"一曲新词酒一杯，去年天气旧亭台。夕阳西下几时回？"作者说作一首新词喝一杯酒，这种感受和去年差不多，这个亭台也和去年一样，但是心境与去年完全一样吗？不可能的，正如夕阳西下，明天还会有夕阳西下，可是跟昨天的完全一样吗？物是人非，东西都一样，心情、心境已不同。

"无可奈何花落去，似曾相识燕归来。"花开花谢，是不受人支配的，在大自然的更替面前无可奈何，时光流逝不可挽回。每年燕子都会回来，看起来熟悉，其实它已经不是去年的那只燕子了。所以想到这些，便"小园香径独徘徊"，作者在院里徘徊，感咏天地万物的更替，内心涌起淡淡的哀愁。

为什么说这阕词体现了晏殊独特的视角呢？因为中国有很多的诗人、词人，一生向一个理想目标前进，永远都达不到，所以感到悲愤、悲伤、感慨，他们感觉到悲凉，这是得不到的悲哀。可晏殊却不是，他出身于世家，仕途一直顺利，几乎人生当中想得到的东西，他都能得到。想要的都有了，他的视角就和那些得不到的人不一样。

晏殊永远不可能让天地静止，让时光倒流，他无法改变自然运行的大规律，于是他会有淡淡的哀愁，以及非常深入的关于天地哲学的思考。所以这是晏殊的诗词里，和别人完全不一样的地方。

大家可以读一下晏殊的儿子晏几道的诗词，晏几道很多东西都没得到，所以晏几道的诗词反映的感情都很激烈，把他们俩人的诗词对比一下，可能会有很多新的人生体会。

宿新市徐公店二首·其二

宋·杨万里

篱落疏疏一径深，

树头花落未成阴。

儿童急走追黄蝶，

飞入菜花无处寻。

〔**释义**〕

篱笆稀稀落落，一条小路通向远方。

树上的花已经凋落，树叶还未形成树荫。

小孩子奔跑着追赶黄色的蝴蝶，

可是蝴蝶飞入菜花丛中找不到踪影。

【老梁解读】

　　这首诗的名字《宿新市徐公店》点出了写诗的环境、地点。新市是现在湖南的一个地名，徐公店就是说开这酒店客栈的人姓徐，可能是诗人的朋友。诗人到这个地方晚上住在他家，诗歌描绘的就是他早晨起来后看到的外边的大好春光。

　　"篱落疏疏一径深"，篱笆稀稀落落，一条小路通向远方，表明了周边环境比较安全，很太平，或者说人烟稀少。"树头花落未成阴"，树上边的花已经凋零了，但是树叶还没完全长出来，没有形成绿荫，说明这是春天。

　　这两句诗把我们带到了一个乡村野店，周围是大自然的原始风光，周边人烟稀少，比较闲适，充满山野气氛。后两句特别传神，前两句是写静态，后两句动态出来了，而且这一动给人的印象就特别特别深刻，"儿童急走追黄蝶，飞入菜花无处寻。"

　　"急走"，小孩跑，蝴蝶在那儿飞，这个景象一闭眼睛仿佛就在眼前。"儿童急走追黄蝶，飞入菜花无处寻。"旁边是油菜花的田野，这黄蝴蝶飞到油菜花地里了，油菜花是黄色的，黄蝴蝶也是黄色的，小孩追到这儿，满眼都是黄色，看不清楚了，"无处寻"。这里"无处寻"特别传神，你可以想象这幅生动、天真的画面。

　　杨万里在捕捉细节上是高人一筹的，他经常通过对细节的捕捉，让你牢牢地记住那些令你感觉到非常有趣的场面。像"小荷才露尖尖角，早有蜻蜓立上头"，他就观察得非常仔细，而在这首诗中，儿童"急走"和"无处寻"，就把儿童的可爱天真和窘态，刻画得淋漓尽致、入木三分，令我们久久难忘。

所以说中国的诗人，不光是有阔达的胸怀、雄奇的想象力，对风景人物细腻的把握，同样高超，这也是中国文字最为惊心动魄的魅力之一。

扫码听音频

如梦令·其二

宋·李清照

昨夜雨疏风骤，浓睡不消残酒。

试问卷帘人，却道海棠依旧。

知否，知否？应是绿肥红瘦。

〔释义〕

昨夜雨点稀疏，晚风急猛。

虽然睡了一夜，仍有余醉未消。

于是就问卷帘的侍女，外面情况如何，

她却对我说，海棠花依旧如故。

你可知道，你可知道，这时应该是绿叶繁茂，红花凋零。

【老梁解读】

如果把中国古代的词人排个名，我想李清照至少会在前十名，而且是前十名里唯一一个女词人。李清照不是个高产的词人，留下来的词大概有四五十首，但是每一首都非常经典，都为后人所称道。这阕《如梦令》仿佛就像一个剧本，有问有答，有场景、有时间、有地点，而且还有滋味。

"昨夜雨疏风骤，浓睡不消残酒。试问卷帘人，却道海棠依旧。知否，知否？应是绿肥红瘦。"意思是昨天晚上下大雨，这雨还很急，自己喝酒喝多了，到早晨宿醉未醒，问这个卷帘人，卷帘人说外边海棠花还是那样。这时候词人不高兴了，说卷帘人看得不仔细，就只看到那绿叶红花，是跟昨天一样，但是如果仔细看，就会看到经过昨夜的雨疏风骤，红花都凋零了，但是绿叶经过水的滋润却更加茂盛了。

其实词人隐藏着一个小关子，是什么呢？为什么她"浓睡不消残酒"，为什么昨天她喝多了？因为她知道一场大雨下来，狂风过来，海棠花一定会凋零，但她不忍心看着这海棠花凋零，所以她宁可自己喝醉，稀里糊涂睡去。但是醒来之后还得面对现实，海棠花毕竟凋零了。

这反映出李清照伤春、惜春，对花很爱惜，所以她也把自己的情绪控制到这个界限上，海棠花开的时候我欣赏，海棠花受到摧残的时候我就躲开，我不看。

这跟李敖的一首诗写的一样："花开可要欣赏，然后就去远行。唯有不等花谢，才能记得花红。有酒可要满饮，然后就去远行。唯有不等大醉，才能觉得微醺。有情可要恋爱，然后就去远行。唯有恋得短暂，才能爱得永恒。"

图书在版编目（CIP）数据

老梁讲古诗词.春卷 / 梁宏达，大红妈妈著.—北京：台海出版社，2018.9

ISBN 978-7-5168-2065-0

Ⅰ.①老… Ⅱ.①梁…②大… Ⅲ.①古典诗歌—诗歌欣赏—中国 Ⅳ.① I207.2

中国版本图书馆 CIP 数据核字（2018）第 190081 号

老梁讲古诗词·春卷

著　　者：梁宏达　大红妈妈

责任编辑：戴　晨　曹任云　　　　装帧设计：仙　境
版式设计：马宇飞　　　　　　　　责任印制：蔡　旭

出版发行：台海出版社
地　　址：北京市东城区景山东街 20 号　　邮政编码：100009
电　　话：010-64041652（发行，邮购）
传　　真：010-84045799（总编室）
网　　址：www.taimeng.org.cn/thcbs/default.htm
E-mail：thcbs@126.com

经　　销：全国各地新华书店
印　　刷：玉田县昊达印刷有限公司
本书如有破损、缺页、装订错误，请与本社联系调换

开　　本：880mm×1230mm　　1/24
字　　数：120 千字　　　　　　印　张：8
版　　次：2019 年 2 月第 1 版　　印　次：2019 年 2 月第 1 次印刷
书　　号：ISBN 978-7-5168-2065-0

定　　价：168.00 元（全四册）

老梁讲古诗词

梁宏达　大红妈妈　著

夏卷

台海出版社

齐白石补蛙井兰草
雪元家宝藏

九十三
藏

目录 | CONTENTS

扫码听音频

江　南

汉·《汉乐府》

江南可采莲，莲叶何田田，鱼戏莲叶间。

鱼戏莲叶东，鱼戏莲叶西，

鱼戏莲叶南，鱼戏莲叶北。

〔释义〕

江南采莲的大好时节，片片莲叶蓬勃地生长在水面上，

一群群鱼儿在莲叶间嬉戏游玩。

它们一会儿游到莲叶的东边，一会儿又游到莲叶的西边，

一会儿游到莲叶的南边，一会儿又游到莲叶的北边。

【老梁解读】

　　这首《江南》为汉代民歌，汉乐府作品。汉乐府是西汉汉武帝时期政府成立的一个管理音乐的机构，有些类似现在的中国音乐家协会。这个机构经常要从民间采集诗歌，就是去采风。

　　很多民歌都没有明确的作者，因为它们都是来自于民间口头传播，所以我们现在提起它们就说出自《汉乐府》。

　　那么既然是从民间采集上来的诗歌，它们就不那么讲究文人的辞藻堆砌，没有那么多的修饰词语，相对质朴、自然、活泼、生动。

　　"鱼戏莲叶东，鱼戏莲叶西，鱼戏莲叶南，鱼戏莲叶北。"有些读者看到这四句可能会觉得很绕，因为诗句中说鱼儿在莲叶之间，又东又西，又南又北，一般人会直接说鱼儿在水里转圈儿，但作者却把东西南北都说到了，为什么呢？

　　这其实是一种非常高明的修辞方式。它用鱼儿东西南北地游一圈的活动，来描绘鱼儿的欢快自由。为什么能看到鱼东西南北地转悠呢？又说明是人驾着船，随着水流和鱼东西南北地溜达。也就是说在莲叶之间，人也和大自然融为一体。

　　鱼是畅快的，植物是有生气的，人也是快乐的。所以这是诗词当中有我之境。虽然没有写到人，但是它用人的目光、从人的角度去观察，而眼前景物体现出来的神采，那就是人当时的精神状态，人在采莲的过程中，收获了充分的快乐。

　　所以这首诗看起来好像写得很细、很碎，但其实靠着细致描写，使人的精神

状态跃然纸上。像这种修辞方式，绝不仅仅是古代诗歌里有，我们现代人写文章也有。

鲁迅在他的《秋夜》里写了一句很著名的话："在我的后园，可以看见墙外有两株树，一株是枣树，还有一株也是枣树。"有人就说鲁迅先生在说废话，直接说墙外就两株枣树不就完了吗？其实不然，这说明当时作者的视角相对比较单调，只能看到墙外一片天。

一株是枣树，另一株也是枣树，突出了单调。"一株是，另一株也是"，注意这个"也"字的用法，它体现了在这个空间里，作者看不到别的。这种单调，显示了作者内心世界的苦闷和孤寂。

所以这样的修辞方式，它不是凭空而来的，在文学作品当中应用比较多。现在有些读者愿意自己创作诗歌，或者写文章，不妨借鉴一下。它是内心世界和外部世界交流过程当中，非常有表现力的一种写作方式。

【大红妈妈领读】

扫码听音频

竹里馆

唐·王维

独坐幽篁里，
弹琴复长啸。
深林人不知，
明月来相照。

〔释义〕

我独自坐在幽深的竹林里，

一边弹琴一边仰天长啸。

竹林僻静幽深无人知晓，

只有皎洁的月光洒下来，与我相伴。

【老梁解读】

　　写这首诗时，诗人王维正在陕西隐居。因为他的仕途并不顺利，几起几落，而王维通过自己思维上的修养，能够把仕途的起落看得很淡，于是选择了隐居。

　　王维精通佛法，同时也潜心研究老庄之道等处世的哲学。王维研究得比较精，所以后人认为王维有佛性，这恐怕和他隐居修炼是有直接关系的。

　　"独坐幽篁里，弹琴复长啸。"意思是：在寂静深远的竹林里，诗人独自坐在那里弹琴，然后凝神聚气，发出一声长啸。

　　"独坐"，意思就是一个人；"幽篁"里面的"幽"是深幽，"篁"是竹林；"琴"指的是古琴，就是七弦琴，琴声和竹林的幽静浑然一体。可是幽静的气氛下，为什么还要长啸呢？我国古代隐士往往要修身养性，要练气，练气就是让自己的身体经脉能更活络一些，练气的方法之一就是长啸。

　　明代有一位大儒王阳明，他当将军的时候，晚上在军营里练气，练到一定程度，忽然不可遏制，张嘴就大啸，这个"大啸"就指呼啸。结果他一喊，"四营皆惊"，整个大营的军士都被惊醒了。

　　"弹琴复长啸"，这说明诗人在修身养性，在磨自己的性子，他想要跟大自然和谐相处，他在寻找"天人合一"的感觉。

　　"深林人不知，明月来相照。"意思是：整个山林里都没有人，但月光洒了下来，照亮了诗人的世界。

也就是说，诗人期待的天人感应出现了，月光洒下来，明月与人相伴，诗人与这明月浑然一体，分不清诗人是明月，还是明月是诗人，进入了物我两忘的境界。

【大红妈妈领读】

扫码听音频

鹿　柴

唐·王维

空山不见人，但闻人语响。

返景入深林，复照青苔上。

〔**释义**〕

空旷幽静的山谷里看不见人影，
只听到有人说话的声音。
落日的余晖照进幽深的树林，
又落在青苔的上面。

【老梁解读】

鹿柴在陕西蓝田县西南一带，当年诗人王维就隐居在这个地方，既然是隐居，这个地方一定人烟稀少，所以王维就描述了一下他隐居的环境，用诗来描绘鹿柴这个地方山谷空旷的景象。

"空山不见人，但闻人语响。"有读者会好奇，没有人怎么能听到人的声音呢？这其实源自于生活的体会，当人进入到一个空旷的环境中时，会发现任何事

情发出声音它都有回声。可能这个山谷周围没有人，但是稍远一点有人说一句话，它就会产生很大的回声，仿佛听到了远处的人像对你窃窃私语一样。

有句话说"针掉在地上都能听见"，越是能听到针掉在地上的声音，越显出这个屋子的安静，这是一种非常生动的对比，是听觉上的感受。

后两句则变成了视觉上的感受："返景入深林，复照青苔上。"就是夕阳夕照，进入到了密林深处。如果是正中午，林子当中树木的树冠、树枝、树叶会挡着阳光，结果森林里就见不着阳光了，反而是夕阳夕照，太阳光从侧面照进来，才能穿过重重遮挡，这样阳光才能播撒进来，照在地面上的青苔上。

前者是听觉，后者是视觉，这两个一结合，就把一个空旷幽静的山谷，一下子展现在读者面前。

这首诗对很多读者都有借鉴意义，无论是做诗还是写文章都可以学习它。任何一篇文章或诗歌要想打动人，首先要把自己的感觉生动传神地传递给读者，感觉，其实就是普通人每个人都拥有的一种感受，包括视觉、听觉、触觉、嗅觉等等。

所以说任何一种文学作品，它传达的都是一种感觉，即使这个场景里没有人，它也是人对这种场景的一种体会。所以无论是有我之境、无我之境，都需要通过人的感觉来传达，这首诗体现的文学作品的高妙之处就在这里。

【大红妈妈领读】

扫码听音频

少年行四首·其一

唐·王维

新丰美酒斗十千，
咸阳游侠多少年。
相逢意气为君饮，
系马高楼垂柳边。

〔释义〕

新丰的美酒十千钱一斗，

出没咸阳城的游侠多是少年郎。

相逢时意气相倾的人相互畅饮，

骏马拴在酒楼下的垂柳边上。

【老梁解读】

王维这首《少年行》描绘的是盛唐时期典型的社交场面。为什么是盛唐气息呢？

"新丰美酒斗十千，咸阳游侠多少年。"新丰在西安，就是当时的都城长安附近，新丰地区出好酒，好酒自然很贵，所以说"新丰美酒斗十千"。

唐朝的铜钱是一千个串到一起为一吊，十千钱就是十吊钱，一斗酒就卖十吊钱，这酒的价钱是非常贵的。只有在盛世，大家物质生活都很丰富，酒的价钱才能高，要是在乱世，酒不是生活必需品，是不会有那么高的价钱的。

诗中说在咸阳一带有很多游侠。唐朝游侠之风盛行，一些有钱人家的子弟在读万卷书之外，还经常要出去远游长见识，李白其实就是一个游侠。

游侠有一个特点就是年少多金，也就是咸阳游侠里面多是有钱的年轻人。

"相逢意气为君饮，系马高楼垂柳边。"意思是：两个游侠碰到了一起，两个人意气相投，引为知己，于是酒逢知己，一掷千金也不在乎，一定要一醉方休，为了能够

放心，就把骑着的宝马良驹系在了酒楼旁边的垂柳树下。

如果能够发挥想象力，似乎就能看到这样的场面：意气风发的青年游侠，骑着高头大马，两个人把马系在外头，在酒楼上开怀畅饮，十千钱的酒也不在乎，你一杯我一盏地畅饮。

这些少年、游侠、美酒、义气，展现出了唐代的盛景。天下太平，社会风气开放，老百姓生活相对富足，这也就是说盛唐气象千载之下给读者带来的极富画面感的一幕。

【大红妈妈领读】

扫码听音频

早发白帝城

唐·李白

朝辞白帝彩云间，

千里江陵一日还。

两岸猿声啼不住，

轻舟已过万重山。

〔释义〕

清晨彩霞满天，我告别高耸入云的白帝城，

江陵远在千里之外，船行只需一日就可返回。

两岸的猿猴在耳边不停地啼叫，

不知不觉，轻快的小船早已经穿过万重山峦。

【老梁解读】

"朝辞白帝彩云间，千里江陵一日还。"白帝在重庆奉节县，刘备打了败仗之后就有了"白帝城托孤"，也就是在这个地方把后主刘禅托付给诸葛亮。江陵在湖北江陵县。重庆奉节到湖北江陵大概一千二百里，坐船沿江而下怎么可能"千里江陵一日还"呢？所以这不是实写，而是虚写，这是李白惯用的一种夸张手段，就如同那个"白发三千丈""飞流直下三千尺"一样。他为什么会用这样的夸张手法呢？这和诗人当时的处境、心态是有关系的。

李白56岁时投靠了永王李璘，那个时候他在朝廷不被唐玄宗待见，还得罪了高力士、杨国忠这些人，没办法才去投靠永王李璘。结果永王李璘起兵造反，被平叛之后，李白受到了牵连。当时给他判刑流放夜郎，就是到西南边远地区服刑，于是取道四川顺着江徒步去服刑。

结果到了白帝城这一块时，遇到天下大赦。过去新皇登基，经常大赦天下，为的是为了收买人心，让老百姓念着他的好。

李白本来以为自己这后半辈子已经完了，突然大赦给放出来了，心里自然十分高兴，于是玩了命似的东归，沿江往回走。这时候坐着船，心情简直可以用归心似箭来形容，所以有了"两岸猿声啼不住，轻舟已过万重山。"这不是真过万重山，是他的心早已东去，赶紧脱离这个是非之地。

　　寥寥这么二十八个字，没有更多的细节描写，却让读者仿佛跟着诗人在崇山峻岭、大山大川之间奔逸绝尘，一路往东迅捷而去了。这就是中国古诗词的精妙之处，几句话就把读者带入到与诗人同步的心境当中，由此可见李白确实是高手中的高手。

望庐山瀑布

唐·李白

日照香炉生紫烟，

遥看瀑布挂前川。

飞流直下三千尺，

疑是银河落九天。

〔释义〕

香炉峰在太阳的照耀下腾起紫色烟霞，
远远望去，瀑布像白色绢绸悬挂在山前。
激流从高崖上飞泻下来，好像有几千尺长，
让人以为是那璀璨的银河从天上倾泻到人间。

【老梁解读】

这首《望庐山瀑布》体现了大诗人李白雄奇奔放的想象力。诗人的视角是从远到近，远处看"日照香炉生紫烟，遥看瀑布挂前川。"走到瀑布附近又是从山上往下看，于是才有"飞流直下三千尺"的壮观景象。然后再抬头往上看，"疑是银河落九天"，觉得瀑布好像是从九天之上落下来的银河，才形成这样的眼前气势磅礴的场景。

这里有一个典故，值得读者好好琢磨琢磨。"落九天"是从九天而落，那么"九天"是哪里呢？古代有两种说法。

第一种说法：九天像一个平面图一样，分成中间、东南东北、西南西北和东西南北，合在一块为九天。中间叫钧天，北方叫玄天，南方叫炎天，东方叫苍天，西方叫昊天。

第二种说法：九天是一个立体的概念，天分为第一层、第二层、第三层、第四层，一直到第九层，一共九重天，而这里的九天指的是天最高的那个地方。毛泽东诗词里有"我失骄杨君失柳，杨柳轻飏直上重霄九"。"重霄九""九重霄"指的就是九天。包括"可上九天揽月，可下五洋捉鳖"中的"九天"都指最高的地方。

"九"是个位数字里最大的数字，因此中国古人用它来形容极限，九天的意思就是极高，当然它只是一个虚数。

赠汪伦

唐·李白

李白乘舟将欲行，
忽闻岸上踏歌声。
桃花潭水深千尺，
不及汪伦送我情。

〔**释义**〕

李白乘坐小船将要离别远行，
忽然听到岸上传来阵阵踏歌的声音。
即使桃花潭的水深至千尺，
也不及汪伦送别我的一片情深。

【老梁解读】

《赠汪伦》写的如同大白话一样却依然流传千古，因为它用非常轻松的笔调写出了真诚的友谊。

汪伦是谁，已无可查，所以后人推断汪伦就是李白的一个普通朋友。李白仗剑游天下，山山水水走遍了，因此也结交了无数朋友。在今天安徽泾县桃花潭，有一个叫汪伦的朋友招待李白一番，临走，他到潭边送李白，这首诗描绘的就是这样一个场景。

"李白乘舟将欲行，忽闻岸上踏歌声。"说的是：李白已经上了小船，船马上就要驶离，忽然听到岸上有人打着节拍唱歌。这里的"踏歌声"指的是用脚踏着地，打着节拍唱歌。

"桃花潭水深千尺，不及汪伦送我情。"也是用对比夸张的手法，写出了汪伦和自己的情谊。

李白十五岁开始仗剑游天下，那时候交通还不方便，他家里没那么富裕，云游的费用从哪里来呢？其实以李白来说是不需要什么路费的。李白生活的那个年代的人都很纯朴，而且因为李白学问大，因此无论到哪儿都是夹道欢迎。不过要是现在，李白仗剑游天下恐怕就没那种白吃白喝的好事了。

似曾遊處雖只孤舟
甲子五月齊璜製

【大红妈妈领读】

扫码听音频

闻王昌龄左迁龙标遥有此寄

唐·李白

杨花落尽子规啼，

闻道龙标过五溪。

我寄愁心与明月，

随风直到夜郎西。

〔释义〕

在柳絮落完，杜鹃鸟悲啼的时候，
听说你被贬为龙标尉，要路过五溪。
我把我忧愁的心思寄托给月亮，
希望它能随风一直陪你到夜郎以西。

【老梁解读】

《闻王昌龄左迁龙标遥有此寄》作者李白跟王昌龄是好朋友，听到好朋友王昌龄被贬为龙标尉，写了这首诗，来表达自己的心情。左迁的意思是贬职，左是指往下，如果是右迁，那是高升了。

"杨花落尽子规啼"，"杨花落尽"描写了一片萧疏的景象，"子规啼"，子规是杜鹃鸟，据说子规能啼出血，所以作者用这句话描绘了一个非常凄凉的场景。作者还没进入正题，先用凄凉的场景把整个诗的氛围扣住，表明这是一首悲情诗。

"闻道龙标过五溪"，意思就是，我听说你被贬为龙标尉，路上要经过五溪。五溪，是现在湖南西部的五条小溪，五溪在唐代被看作是边远地带，你去的地方比五溪还要远，那得荒凉成什么样？

"我寄愁心与明月"，意思是，我把我对你的同情、为你感到不平的心，寄托给天上的明月，你去的地方再远，明月也能照到，因为明月千里寄相思。我把这个思绪托付给明月，你晚上抬头看看明月，就能感受到我对你的一片思念。

"随风直到夜郎西"，意思是随着你一直到夜郎西，夜郎西就是夜郎的西边。龙标下边设三个县，最靠北边的一个县叫夜郎。成语"夜郎自大"，说的是古时候夜郎古国的国王认为天底下自己的国家最大，其实他的国家很小，这个成语用来比喻人不知天高地厚。从这里也可以看出在那时的人眼里，夜郎就是蛮夷之地，不值一提，也说明夜郎所在地方的偏僻。

　　李白的意思是说，尽管你在很偏僻的地方当官，但只要你抬头看到天上的明月，就能明白我对你的一片思念之情。所以选取这个角度遣词造句，可以说精妙无比。

扫码听音频

望天门山

唐·李白

天门中断楚江开，碧水东流至此回。

两岸青山相对出，孤帆一片日边来。

〔释义〕

雄伟的天门山被长江水劈开，

碧绿的江水东流到此回旋澎湃。

两岸高耸的青山隔着长江相对而立，

江面上一只孤单的小船从遥远的天边驶来。

【老梁解读】

这首《望天门山》解读的着眼点在于每句诗的最后一个字。

"天门中断楚江开"，这个"开"就是开天辟地的意思，就是说天门山好像被长江从当中给劈开一样，"开"字反映了长江的气魄宏大，非常形象生动。

"碧水东流至此回"，水往东流，到这里突然间往北走，这个江水滔滔啊，使两岸山势看起来险峻无比，急流的水和两边高耸的山之间，相互衬托，使这个地方看着非常宏伟。

"两岸青山相对出"，这时候诗人的视角已经变成了在江上坐着船往前走。顺着江水，从上游往下游走，由于船是动的，山是静的。可是以船为参照物的话，会发现山是动的船是静的，诗人在船上好像这船不动一样，看这山就动起来了。这个感觉就好像两座山是迎接宾客的门童，从两边一起出来了，一下子就把这个山给写活了，把山水动静之间这个辩证关系写得格外丰富。

"孤帆一片日边来"，这时候在江边远望，一艘小船驶过来了，就好像从那个太阳里边出来的一样，这是一幅天地之间场景交融的非常漂亮的景象。

"来"字不快也不慢，好像这个船和太阳本来是一体的，一点点从太阳边上划出来了，慢慢悠悠地就过来了，不徐不疾。

诗人用诗句描述的这幅画是动中有静、静中有动，而且"动"不是那种惊天动地的动，"静"也不是那种岿然不动的静，而是动静之间互相转换又互相结合。所以这首诗典型地反映了李白想象丰富、性格豪迈、胸襟扩大，这样一种胸怀。这是李白的一首杰出的代表作。

扫码听音频

赠花卿

唐·杜甫

锦城丝管日纷纷，

半入江风半入云。

此曲只应天上有，

人间能得几回闻。

〔**释义**〕

锦官城里美妙悠扬的乐曲，整日响个不停。

一半随江风飘散，一半飘入了云端。

如此美妙的音乐只应该天上有，

人世间能听见几回？

【老梁解读】

这首诗叫《赠花卿》，卿是在唐代比较流行的对男子的尊称，花是这个人的姓，花卿是当时的一个将军。他平定叛乱有功，上级给了他赏赐，他想让更多的人都知道自己立功受赏，于是举办了一些活动。在一次活动中，杜甫也被邀请到现场，看到这个场景，于是写了这么一首诗。

"锦城丝管日纷纷，半入江风半入云。"锦城指成都，丝是弦乐，管是管乐，丝就好比琴，管就好比笛子，丝管是泛指所有的乐器。

这两句的意思是：花卿在成都大摆宴席，每天请乐队来演奏，宴会规模大到音乐一半顺着江风飘走了，另外一半进到云彩里去了，天上地下到处都能听到音乐声。

"此曲只应天上有，人间能得几回闻。"意思是说这个音乐只应该天上有，人间一般听不着，表面上看是称赞，但其实是暗含讽刺。讽刺这样的乐曲和场面，恐怕只有皇上才能配得上，一个小小的将军是配不上的。同时也劝告花卿，立了战功就有点儿自命不凡，这样锋芒毕露的显摆，会不会招人嫉妒呢？

杜甫作为花卿的朋友，他做的这首诗里面既有讽刺，又有劝勉，只有真正懂得弦外之音的人，才能听懂里面说的是什么。

扫码听音频

悯农二首·其二

唐·李绅

锄禾日当午，
汗滴禾下土。
谁知盘中餐，
粒粒皆辛苦。

〔**释义**〕

盛夏中午，烈日炎炎，农民还在田地里辛苦锄草，
汗珠一滴滴落在土地里。
谁能知道这盘中的食物，
粒粒都饱含着农民的辛苦。

【老梁解读】

家长和老师常这么教育我们的：农民伯伯很不容易，脸朝黄土背朝天，土里刨食，种出的粮食我们可不能浪费。以前有个宣传画内容就是大家吃完饭，亮出碗底互相对比，看谁的碗更干净，一粒米都不要浪费。

农民种地辛苦，在这首诗中有很好的体现。"锄禾日当午，汗滴禾下土。"大热天在田地里锄杂草，太阳晒得很难受。很多人会问，为什么农民锄草非要顶着烈日呢？其实这是不了解农村。

"锄禾"要"日当午"，要赶在最热的时候，是因为只有在这个时候才能做到"斩草除根"。杂草要是在早晚把它锄开，到第二天，露水一滋润，就又会复活了，这是因为它的根还是活着的。而在太阳下，把杂草的根刨出来，让太阳晒着它，一中午的工夫杂草就被晒枯晒死了。所以锄禾必须要在中午，通过太阳照射，把杂草彻底杀死。

当然，现在我们用除草剂了，用不着辛辛苦苦地大中午去锄草。把除草剂就这么一喷，自然就把草杀死了。可问题是农药对农作物也会有一定的危害，还会污染土壤、水和空气，所以现在虽然说种田省事了，但是它会有一定的危害和副作用，有可能影响到我们人类的健康。

【大红妈妈领读】

扫码听音频

游子吟

唐·孟郊

慈母手中线，游子身上衣。

临行密密缝，意恐迟迟归。

谁言寸草心，报得三春晖。

〔**释义**〕

慈祥的母亲手中拿着针线，

为即将远行的孩子赶制身上的衣衫。

临行前一针针密密地缝着，

担心孩子回来得晚衣服破损。

有谁敢说，孩子这颗像小草一样微小的孝心，

能报答得了像春光普泽的慈母恩情呢？

【老梁解读】

只要一歌颂母爱，恐怕首先就会想到孟郊这首《游子吟》，因为他写的非常真挚自然、清新流畅。"慈母手中线，游子身上衣。临行密密缝，意恐迟迟归。"这样的场景，每一个体会过母爱伟大的人，可能都有比较深刻的画面感。

最后两句"谁言寸草心，报得三春晖。"是什么意思呢？寸草心，就是指小草的感激之心。每一种在春天里绽放的植物，譬如小草它要感谢什么？感谢阳光雨露。三春晖，中国古人说春夏秋冬，春天是三个月：正月、二月、三月。正月为孟春，二月为仲春，三月为季春，合称"三春"。晖是阳光，所以三春晖就指春天的阳光。

没有春天的阳光，万物无法生长。这首诗就是说母爱就如同春天的阳光一般。我们每个人，就是沐浴在阳光中的小草。小草能使出多大的能力，报答春天的阳光呢？也就是说母爱是无法报答的。

为什么说母爱是世界上最伟大的爱？父亲也养育了孩子，为什么父爱不如母爱伟大呢？其实很简单，父爱是后天的爱。孩子出生以后，看到了这孩子，父亲产生了情感，这叫后天的爱；而母爱是先大的爱，在见到孩子之前，母亲已经跟孩子共用了十个月一个身体、一套呼吸系统、一套营养系统。母亲跟孩子之间，是骨血相连的关系，和父爱是不一样的。

所以世界上最伟大的爱是母爱，从这点来说，孟郊这首诗确确实实是抓住了每个人心底最柔软的部分。

扫码听音频

池上二绝·其二

唐·白居易

小娃撑小艇，偷采白莲回。

不解藏踪迹，浮萍一道开。

〔释义〕

一个小孩划着小船，

到池塘里偷偷地采了白莲回来。

他不知道怎么掩藏行船的踪迹，

小船撞开水面的浮萍，留下一道清楚的水路。

【老梁解读】

很多成年人觉得白居易这首诗写得不怎么样："小娃撑小艇，偷采白莲回。不解藏踪迹，浮萍一道开。"这字面上看很一般，但其实这首诗就像儿童小品一样，很有情趣。

一个小孩撑着小船，背着大人到池塘里偷着采莲蓬、莲藕。可是小孩采到东西之后一高兴，他也不知道怎么掩盖所谓的"犯罪"痕迹：他把浮萍给撞开了，一道水路显现出来。所以大人一看这地方有船经过，就会问小孩，很容易就会发现。

小孩见着东西一高兴就想要，这是孩子的本性，这是一个非常有生活情趣的、童年欢乐时光的再现。

白居易一个大诗人写这个是不是没什么意思呢？其实不然，这些大诗人，心底永远住着一个孩子。如果没有一些活泼的童趣，他写不出后来那些鲜明生动的艺术水准很高的诗词之作。

小品文的存在，无损一个大诗人的名声，何况白居易写诗叫"老妪能解"，就是让老太太都能听懂。他愿意写一些大白话的东西。

那为什么我们有的课本要选这首诗做教材呢？是因为要给小孩看。小孩看了能直接理解，对孩子教育，接受唐诗宋词是有好处的。

最大好处是家长朋友可以教育自己的孩子，白居易他的诗写了这样一件事，

那么孩子有没有这样的事呢？孩子也写一首类似的诗或者文章给
大人们看看。小孩子都有这样的体会，也容易写出类似的东西，
写完了之后让他跟这首诗比，这就能培养起孩子对于唐诗的亲密
感了。

小儿垂钓

唐·胡令能

蓬头稚子学垂纶，

侧坐莓苔草映身。

路人借问遥招手，

怕得鱼惊不应人。

〔释义〕

一个头发蓬乱的小孩子在河边学钓鱼，
侧身坐在野草丛中，野草掩映了他的身影。
遇到有人问路，他老远就摆手不让讲话，
生怕惊动了鱼儿，不敢回应过路人。

【老梁解读】

这首《小儿垂钓》非常富于生活气息，宛如电影当中的一个分镜头剧本。"蓬头稚子学垂纶"，说的是一个蓬头垢面、玩儿得正不亦乐乎的孩子，学成年人在那里垂钓。"侧坐莓苔草映身"，说的是孩子侧身坐到草地上，长起来的草都快把他遮住了，这是指湖边野草丛生的样子。这时候有一个路人过来了，跟他问路，"路人借问遥招手"，这时候小孩冲他招手，意思是"小点儿声别吱声"。为什么呢？"怕得鱼惊不应人"，就是怕这鱼被路人给惊跑了。

这个生活气息是很浓的，读起来觉得这首诗平淡无奇，但仔细一琢磨，就觉得眼前这景象一下子就立起来一样，活灵活现起来了。

这首诗的作者胡令能很有意思，他一直隐居在福建莆田一带。早年是个补锅匠，补锅匠在他那个年代一般没有文化。据说有一次他做梦，梦见有一个人在他肚子里放上一卷书，醒来之后他就能写诗了，成了诗人。

其实这个传说的意思是：人想要创作出好的作品来，肚子里首先得有学问，不可能光靠灵感。有个笑话说，一个书生写文章，怎么写也写不出来。他老婆跟他说，"夫君，你写不出文章的难受，是不是就像我们妇女难产一样？"这书生说："还不如你们呢，你们是肚子里有，难产早晚能生出来，我肚子里啥也没有，我怎么写？"

　　所以这就是我们经常说的"读书破万卷，下笔如有神"，真想写出好的作品，肚子里总得有点儿墨水。

扫码听音频

寻隐者不遇

唐·贾岛

松下问童子，
言师采药去。
只在此山中，
云深不知处。

〔释义〕

站在松树底下，询问年少的童子。

他说，师父采草药去了。

只知道在这座大山里，

但山上云雾缭绕，不知道他具体的行踪。

【老梁解读】

这首《寻隐者不遇》，作者贾岛在构建了一个场景之余，给人留下的余韵非常深远。

"松下问童子，言师采药去。只在此山中，云深不知处。"在松树底下问这个小童子，他说师父到山里采草药去了，只在这个山里面，但是在哪儿不知道。"云深不知处"形容这个世外高人对山里状况很熟悉，而且这个人隐隐然已经跟大山、跟云彩融为一体了。

虽然这是一首实写诗，但同时又有虚写。写的是对世外隐居高人的敬仰，这个人与自然融为一体，非是我辈轻易能见到的。体现了作者对这位隐者充满崇敬的感觉，也是对离世所居的向往。

作者贾岛本身做过和尚，后来又还俗，这也是因为他有出世的思想。贾岛写诗，遣词造句是非常讲究的，遣词造句有个词语叫"推敲"就来自贾岛。

贾岛当初写诗有两句，叫作"鸟宿池边树，僧敲月下门。"后来他觉得这"敲"不如"推"那么顺畅，就改成"鸟宿池边树，僧推月下门"。

可是有人提意见：半夜三更的，和尚推门像是要偷东西。他便又改回了"鸟宿池边树，僧敲月下门"。由敲而推，由推而敲，后来就留了个典故叫推敲。

扫码听音频

题李凝幽居

唐·贾岛

闲居少邻并，草径入荒园。

鸟宿池边树，僧敲月下门。

过桥分野色，移石动云根。

暂去还来此，幽期不负言。

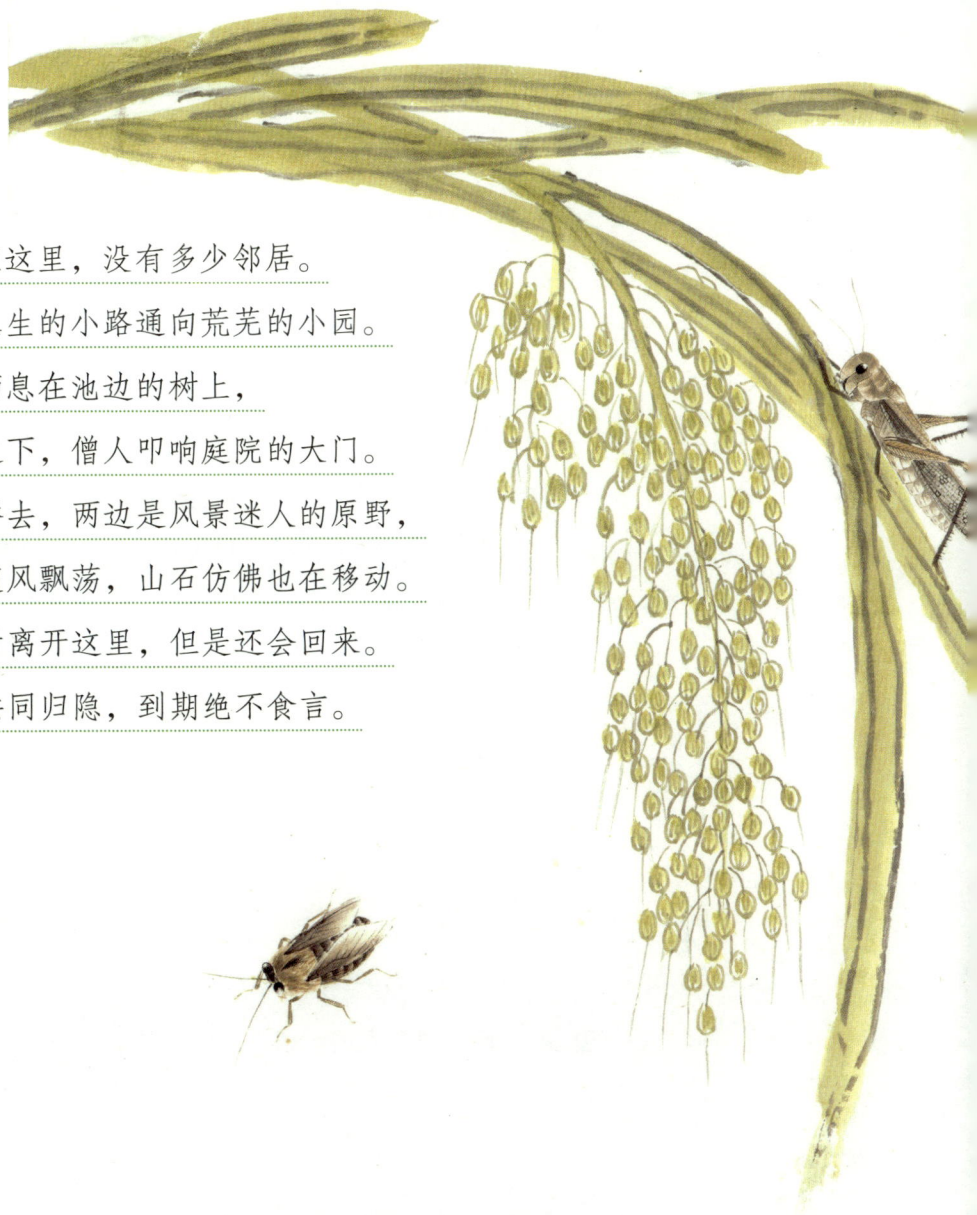

〔释义〕

隐居在这里，没有多少邻居。

杂草丛生的小路通向荒芜的小园。

鸟儿栖息在池边的树上，

月光之下，僧人叩响庭院的大门。

走过桥去，两边是风景迷人的原野，

云彩随风飘荡，山石仿佛也在移动。

我暂时离开这里，但是还会回来。

相约共同归隐，到期绝不食言。

【老梁解读】

这首诗的名字叫《题李凝幽居》，来自于贾岛。这首诗以"鸟宿池边树，僧敲月下门"一联著称。全诗只是抒写了作者走访友人李凝未遇这样一件寻常小事。

"闲居少邻并，草径入荒园。"意思是：李凝在这里隐居，周围没有多少人跟他当邻居，就是这个地方非常安静，以至于路径都荒了，长满了杂草，整个园子里面一派荒芜景象。

这荒芜景象虽然显得很寂寞，但这个地方却也饶有生趣，怎么有生趣呢？"鸟宿池边树，僧敲月下门。"一到晚上，倦鸟归还来，就在这个水池子旁边的树上栖息；当然也有高人雅士来拜访，一位和尚来敲门，是和李凝谈经讲道来了。

诗人接下来写的是周围的景色，"过桥分野色，移石动云根。"就是：这里有一座桥，诗人发现桥就是自然分界线，两边的风景同样优美，抬头看远处的云彩飘过来，好像山都跟着动起来了。

"云根"指的就是山上的石头，古人认为石头是云的根，就是说大气碰到了石头上，演化成了云彩。

"暂去还来此，幽期不负言。"意思是：这地方这么好，可是即将要与你告别了！我暂时离开，但今后一定会到这儿来。

所以这一句反映了诗人对友人的承诺，同时也反映了友人的高雅。因此这首诗其实是情和景交融到一块，诗人将来老守田园的心理在这里也显露无遗。

　　这首诗中，"鸟宿池边树，僧敲月下门。"是千古名句，贾岛最开始写这两句时就反复琢磨，开始想写"僧推月下门"，但后来琢磨不妥，僧"推"月下门，好像是来偷东西的，然后就想用"敲"，这样一路走，一路琢磨是用"推"还是用"敲"。

　　结果神游物外，正好撞上了韩愈的车队，当时韩愈临时代理京城的地方长官，他正带车马出巡。韩愈问贾岛怎么回事，贾岛就说了自己的想法，结果韩愈建议还是用"敲"好。这个故事后来演变成为一个文学名词，以后的文学创作就把对字句反复思考称为"推敲"。

【大红妈妈领读】

扫码听音频

采莲曲

唐·刘方平

落日清江里，

荆歌艳楚腰。

采莲从小惯，

十五即乘潮。

〔释义〕

落日余晖铺洒在碧水江面，

忽然传来委婉动听的歌声，唱歌的女子身姿曼妙。

她从小就习惯了采莲，

十五岁就能趁着潮水行船了。

【老梁解读】

这首《采莲曲》是一首极富民间气息的劳动赞歌，歌颂的是江南的采莲女，文字写得细腻无比。

"落日清江里，荆歌艳楚腰。"傍晚时刻，太阳要落山了，一半已经在地平线以下，在江上看就好像在江里边一样，这时候风景是非常秀丽、优美的。忽然，在这莲叶间传出了委婉动听的歌声，原来是一个采莲女子唱着曲从莲叶进划着船出来，仔细一看是如此漂亮，诗人感觉到很惊艳。

楚腰是战国时期的典故，楚国的国君楚灵王喜欢细腰的人，所以他的臣子们都绝食减肥，以便让自己的腰越变越细，结果有不少人因为减肥而饿死，所以后来有诗说"楚王好细腰，宫中多饿死。"这里的"细腰"代指漂亮的采莲女。

"采莲从小惯，十五即乘潮。"意思是：采莲女为什么能在莲叶之间进出自如呢？因为她从十五岁就开始采莲，这对她来说就是一件习以为常的事，有大风大浪都不在乎。"乘潮"的意思是能驾驭潮水，自由起伏，说明驾船本事很了得。

而整首诗是什么画面呢？傍晚时分，采莲的女子非常漂亮，唱着民歌，满载而归，反映的是江南鱼米之乡富庶的场景，以及劳动人民在自然界里无拘无束的情怀。所以这首也是中国古诗词里面少有的，既有劳动画面又有艳丽景象的这么一首诗。

餘霞峯下齊家

【大红妈妈领读】

扫码听音频

江村即事

唐·司空曙

钓罢归来不系船，
江村月落正堪眠。
纵然一夜风吹去，
只在芦花浅水边。

〔释义〕

垂钓归来，却懒得把船系好，

江村上空，残月西沉，正是睡觉的好时候。

即使夜里起风，小船被风吹走，

也只是停搁在芦花滩畔，浅水岸边罢了。

【老梁解读】

这首《江村即事》本质就是诗人的日记，钓鱼晚归，诗人就随手记下来了，通过这首诗，我们也能看出诗人的人生态度、处事态度和生活习惯。

"钓罢归来不系船，江村月落正堪眠。"意思是：诗人去钓鱼，结果到了很晚才想起回家，回来之后就这船搁到岸边，也不系上，也不抛锚。为什么这么随意呢？因为这个时候月亮已经上来了，诗人的困劲上来了，他也不想把这船安置好，只想赶紧回去睡觉。

这两句诗就说明诗人是比较随性的人，一切以自己的舒适为第一目的。我们往往一个人的生活习惯中能够看出他的个性，一个生活当中很懒散的人，不可能是心细如发、锱铢必较的人。诗人随着自己的兴致，高兴怎样便怎样，因为他的状态是在江村隐居，不追求什么功名利禄，对自己自然也没有那么苛刻。

"纵然一夜风吹去，只在芦花浅水边。"这是诗人的心理活动：这个船即便不把它系上，晚上起风了，把这船吹走了，也不会吹得太远，明天我到附近的芦花荡里浅水边就能找到了。总结来说，就是诗人觉得"没什么大不了的"。

所以，这首诗整体上反映了诗人隐居过程中的心态，不顾功名利禄，追求自己生活和心情上的闲适淡雅。

　　这首《江村即事》通过身边的一件小事，反映出了诗人思维上的开阔，懒顾功名利禄的潇洒，很值得现代人琢磨。

农 家

唐·颜仁郁

夜半呼儿趁晓耕，

羸牛无力渐艰行。

时人不识农家苦，

将谓田中谷自生。

〔释义〕

半夜里就把孩子们叫起来，趁着天刚破晓，赶紧到田里去耕地。

瘦弱的老牛有气无力，正拉着犁在田里艰难前行。

一般人不知道种田人的辛苦，

还以为田里的稻禾是自己长出来的。

【老梁解读】

这是一首悯农诗，悯农诗就是可怜农民的诗。因为在过去有很多士大夫阶层、贵族阶层，他们不干农活，不知道农民的辛苦。这时诗人深入田间地头，了解到了农民的辛苦，写出这首让我们感觉心酸的诗。

本诗前面两句写的是农村干活时常见的场景，以及其中艰辛。"夜半呼儿趁晓耕，羸牛无力渐艰行。"意思就是三更半夜，就把孩子叫起来干活。小孩都是贪睡的，为什么非要半夜三更就叫起来呢？因为要趁着早晨凉快，赶紧干活，这时露水也刚下来，得赶紧耕种。

干农活得套上牛。"羸牛"中"羸"的意思就是瘦弱。牛的岁数大了，因为长期干活已经又老又瘦了，可是家里没钱换不起牲口。"羸牛无力渐艰行"，意思就是老牛已经没有力气了，耕走一步都很吃力，那么人在后头不也费劲吗？

但是农民艰辛劳作，并没有博得多少人的理解。"时人不识农家苦"，这里的"时人"带有讽刺的意味，指的是那些王公贵胄、士大夫，就是那些肩不能挑、手不能提的人，他们根本不知道农民有多苦。

"将谓田中谷自生"，指"时人"还以为粮食是自己从田地里长出来的。只要撒下种子，粮食就自己长出来了。阶层与阶层之间互不沟通，这个阶层不理解另一个阶层的苦处，也是诗人悲天悯人的可贵之处。

其实，这样的事情在任何时候都很常见。有个笑话说，有两个纨绔子弟躺着说话，一个说："将来我爹要把遗产都给我。"另一个也说："我爹也把遗产都给我。""那我们有的是钱，干吗去呢？"一位说："我有钱了，吃了就睡，睡了就吃。"另一个听后不服气，站起来打了他一嘴巴，说道："你真没出息！我要有钱了，我是吃了又吃，我哪有工夫睡呢？"你看看这些纨绔子弟，根本不知道农民的艰辛！

【大红妈妈领读】

扫码听音频

蜂

唐·罗隐

不论平地与山尖，

无限风光尽被占。

采得百花成蜜后，

为谁辛苦为谁甜。

〔释义〕

无论是平地田野还是山峰之巅，

风光无限之处，都被蜜蜂占领。

它们采尽百花酿成蜜后，

到头来又是在为谁忙碌，让谁品尝香甜？

【老梁解读】

罗隐这首《蜂》是借物喻人，进而上升到哲理的一首小诗。

"不论平地与山尖，无限风光尽被占。"说的是蜜蜂漫山遍野、铺天盖地，很辛勤地这边采花那边成蜜。后边两句则是点题的地方，"采得百花成蜜后，为谁辛苦为谁甜。"意思是：最后酿成蜜了，自己却不享用，那么到底是为谁辛苦的呢？到底谁又得到了这份甜呢？

这首诗，过去很多人解读成是对封建社会统治者剥削劳动人民的控诉。因为罗隐的身世和这首诗中的蜜蜂很像，罗隐原来叫罗横，为什么改叫罗隐了呢？是因为多次科举考不上，所以给自己改名，意思是成了隐士。所以他对当时那个社会很不满，写了很多讽刺时政的东西。所以有人认为这首诗也是讽刺统治者的，讽刺他们不劳而获、剥削劳动人民。

其实这种想法有点片面，我想罗隐这首诗不一定是这个意思。因为蜜蜂辛辛苦苦劳作，就如同尘世间的好多人，那么难道每个人劳作一点，自己完全享受了就合理吗？这是不对的。我们每个人都是主观为自己，客观为别人。

爸爸挣钱养儿子，难道就是说儿子剥削了爸爸吗？妻子每天给丈夫做饭，难道就是丈夫剥削了妻子吗？不是的。因为人生在世总要有所付出。

　　所以这首诗与其说是抨击了那些占蜜蜂便宜的人，倒不如说讴歌了蜜蜂的辛勤劳作，愿意为其他人主动付出。同时，也提醒我们，理解一个人，应该从善良的角度理解他，而不要用恶意去揣测他。

【大红妈妈领读】

扫码听音频

江上渔者

宋·范仲淹

江上往来人，

但爱鲈鱼美。

君看一叶舟，

出没风波里。

〔释义〕

江上来来往往的人，
只喜爱鲈鱼的味道鲜美。
你看看那些捕鱼人，正驾着一条小船，
在狂风巨浪里若隐若现，上下颠簸。

【老梁解读】

这首诗的含义相对比较浅显，"江上往来人，但爱鲈鱼美。"每一个吃到鲈鱼的人，都说很好吃。接着作者提醒读者，"君看一叶舟，出没风波里。"看那一叶小船，在风浪当中，若隐若现，上下颠簸，表明渔夫是很危险、很辛苦地把这鱼弄上来的。

诗的作者是范仲淹，一提到他大家都会想起"先天下之忧而忧，后天下之乐而乐"。范仲淹是一个关怀民间疾苦、有人文情怀的好官、好诗人。这首诗也提醒我们，享受生活时，不要忘记为了我们的生活付出努力、辛勤劳作的人们。

范仲淹之所以有这样的想法，是因为他本身就出身于穷苦人家。有个著名的典故叫"断齑画粥"，就出自少年时代的范仲淹，说的是他生活很困难，吃不起太好的东西，为了果腹就煮了一盘粥，等粥放凉凝固后，要吃的时候，就用刀把凝固的粥划成几份，拿一份吃，这就是画粥。断齑是把咸菜条切成几段几段，就着冰冷的粥吃。

范仲淹有这样的出身，所以才能休会到劳动人民的辛苦，因为他是感同身受的。在洞庭湖边岳阳楼上，很多人发现一副对联，上联写吕洞宾："吕道士太无聊，八百里洞庭，飞过去飞过来，一个神仙谁在眼"；下联写范仲淹："范秀才亦多事，数十年光景，什么先什么后，万家忧乐独关心"。

　　下联意思是人一辈子，就几十年的光景，还要"先天下之忧而忧，后天下之乐而乐"，这真是多事嘛，带着反讽的味道。但其实这是在称赞范仲淹在过去的官僚当中，算得上是绝对的稀缺资源，是了不起的有人文情怀的官吏。

【大红妈妈领读】

扫码听音频

书湖阴先生壁二首·其一

宋·王安石

茅檐长扫净无苔，

花木成畦手自栽。

一水护田将绿绕，

两山排闼送青来。

〔**释义**〕

茅草房庭院经常打扫，干干净净，没有一丝青苔。

花草树木成行成垄，都是主人亲手栽种。

一条小河环绕着碧绿的农田，

两座大山打开门送来绿色。

【老梁解读】

　　《书湖阴先生壁》指的是王安石到朋友湖阴先生家里做客，然后把这首诗写在朋友家的墙上。

　　乱写乱画在现代是违背社会公德的不文明行为，但是在古代，有点儿墨水的人把诗句题到墙上是件很风雅的事情。湖阴先生叫杨德逢，是王安石被贬住在钟山时候的邻居，那时候王安石经常去他家做客。湖阴先生杨德逢是个胸中有丘壑的人，他把自己家院子整理得又干净又风雅。

　　"茅檐长扫净无苔"，院子经常被打扫，没长上来杂草，也没长什么苔藓，很干净。

　　"花木成畦手自栽"，"成畦"就像梯田是一块一块的，这句的意思就是：

杨德逢家里的院子这块儿栽花，那边种树，另一块儿是蔬菜，一块儿一块儿的，弄得非常整齐，全是自己动手的，自给自足，所以这小院看着就葱葱绿绿，很漂亮。

而外面的风景又和这个小院形成非常美好的衬托。

"一水护田将绿绕，两山排闼送青来"这是点睛之笔，外面有一条河，正好把他这儿跟外面隔开，护着他家这一亩三分地。而在他家的草门外，就是青翠欲滴的山景，加上非常沁人心脾的空气，仿佛推开山门，大山就到了湖阴先生家里一样。

"排"是推开的意思，"闼"是门的意思，"青"字含义很丰富，既指景色又指非常宜人的空气，这一句一下子把两山写活了，这个拟人手法用得相当好。

"一水护田将绿绕，两山排闼送青来"这千古名句，也反映了宋朝时期，民间对自然风水文化也有认知。如果家门前从东而来有一条河流过，这就是好风水。有山在家背后，家靠在山坡上，正面都是阳光，这就是好风水。

扫码听音频

六月二十七日望湖楼醉书
五首·其一

宋·苏轼

黑云翻墨未遮山，

白雨跳珠乱入船。

卷地风来忽吹散，

望湖楼下水如天。

〔释义〕

乌云翻滚，如同打翻的墨汁，但没有遮得住山峦，

白花花的雨点就像跳动的珍珠一样飞溅到船上。

忽然间狂风卷地而来，吹散了满天的乌云和白色的雨点，

那西湖的湖水碧波如镜，就像天空一样广阔无边。

【老梁解读】

这首诗的作者苏轼是中国古代最出名的大文豪之一。苏轼在杭州为官多年，官职类似于现在杭州市的市长。

苏东坡有一个特点，每到一个地方首先要琢磨点儿美食。现在依然很流行的东坡肉，就是苏东坡在杭州时期得以推广的。当然苏东坡在杭州绝不只干这点事儿，他围绕着西湖做了很大的文章，现在西湖边上有个苏堤就是苏东坡当年任杭州知州时建设的。他组织疏浚西湖，并利用挖出的淤泥葑草堆筑起一条南北走向的堤岸。为了纪念他，老百姓就将这个地方称为苏堤。

苏东坡每年围绕着西湖不知道得走多少回，所以他对西湖周边的景色了如指掌。这首诗就非常形象地点出了在春夏时期，西湖突然间下雨，前前后后发生的事情。

"黑云翻墨未遮山，白雨跳珠乱入船。卷地风来忽吹散，望湖楼下水如天。"眼看着云彩来得快，差点儿把山遮上了，接着白色的雨滴噼里啪啦、噼里啪啦乱入船，雨下得又快又急，然而忽然间一股大风一吹，雨停了，云彩也没了，从望湖楼上往下看西湖水，水天一色，天蓝蓝、水蓝蓝。

在很短的时间里，西湖岸边乌云、白雨、微风、疾风相互转化，诗人对这个场景抓得非常准，也说明苏东坡对西湖是特别有感情的。

　　修苏堤是个很辛苦甚至是吃力不讨好的事儿，他作为杭州知州，所有的预算、决算都得他审，弄不好朝廷就会怪罪下来，出了问题他还要负责。但正因为这样，他才被老百姓记在了心里。白堤是为了纪念白居易，苏堤是为了纪念苏东坡，杨公堤是为了纪念杨万里。老百姓不仅因为他们诗写得好，还因为他们给老百姓做了好事，所以用这些地名永久地纪念他们。

【大红妈妈领读】

扫码听音频

饮湖上初晴后雨二首·其二

宋·苏轼

水光潋滟晴方好，

山色空蒙雨亦奇。

欲把西湖比西子，

淡妆浓抹总相宜。

〔释义〕

在阳光的照耀下，西湖水微波粼粼，显得很美。

下雨时，远处的山笼罩在烟雨之中，时隐时现，景色奇妙。

如果把西湖比作美女西施，

无论是淡雅的妆容，还是浓艳的打扮，都一样光彩照人。

【老梁解读】

苏东坡这首诗可以称得上千古以来写西湖的第一名篇，诗名《饮湖上初晴后雨》，表明这诗写的是明明还是晴天的西湖，突然间下起雨，在晴雨之间，西湖的奇妙之处。

"水光潋滟晴方好"，"潋滟"指水波流动的样子，晴天，诗人观看水波流动，觉得是观湖最好的时机。

"山色空蒙雨亦奇"，忽然间下雨了，也很奇妙，西湖的景色，可以说无论从哪个角度，无论是什么时候，湖光山色都让人看着非常漂亮。

"欲把西湖比西子，淡妆浓抹总相宜。"用西施来比喻西湖，这个比喻精妙绝伦，因为无论是晴天雨雪天，白天晚上，西湖都各有各的风姿，怎么看都漂亮，就像大美人西施似的，无论是淡妆还是浓抹，甚至粗服乱头，都不掩国色。

后来有人索性把西湖直接叫西子湖，就与这首诗有关。但其实西施原本是浙江诸暨人，而不是杭州人。但是，这首诗却让大美人西施和非常美丽的西湖产生了奇妙的联系，所以后世也用她来歌颂西湖，或者把西湖引申为其他事物。

有两副对子说起来很有意思，上联叫"山山水水处处明明秀秀"，下联叫"晴晴雨雨时时好好奇奇"，也是说西湖的。关于龙井茶也有一副对联，上联是"欲把西湖比西子"，下联是"从来佳茗似佳人"，"茗"就是茶的意思，意思是好的茶叶和漂亮

的女人很像，为什么呢？因为把西湖龙井投放在玻璃杯里，龙井茶的芽头一个一个往下沉，无论从哪个角度看都让人赏心悦目，就如同美人一样。

当代人到西湖游览，往往也能凭空产生很多联想，这恐怕跟西湖本身的变化有关。比方说站在西湖边上，会让小湖觉得大，好像你直接进入湖的怀抱当中。但如果站在远处，城隍阁山顶上俯瞰西湖，大湖又看似小，因为湖悄然就滑入到你的内心。仅仅凭语言的描述，都会让人产生无限的遐想，可见西湖巨大的人文魅力。

【大红妈妈领读】

扫码听音频

客中初夏

宋·司马光

四月清和雨乍晴，
南山当户转分明。
更无柳絮因风起，
惟有葵花向日倾。

〔释义〕

四月的天气清明而和暖，雨后放晴，
正对门的南山变得更加清新明净。
眼前没有随风飘荡的柳絮，
只有向日葵迎着太阳绽放。

【老梁解读】

　　司马光是北宋时期一个很有作为的宰相，可是北宋的官场上，有作为的文人能当宰相的人才挺多，所以历史上有种说法叫"北宋无将、南宋无相"，就是说北宋在军事上不行，所以一跟辽国打仗，就输得一塌糊涂。而南宋在文官这个领域不行，有过有文化的文官，还是个奸臣秦桧，但南宋有诸多武将，例如岳飞、韩世忠。

　　北宋的文官里面，有寇准、吕端、司马光、王安石，司马光和王安石两人都是大文豪，还是死对头，政见不一致。王安石力主变法，得到当时的皇上宋神宗的宠支持，于是司马光就被皇上贬到洛阳了。司马光在洛阳待了十五年。十五年之后，王安石变法失败了。朝廷罢免了王安石，重新起用司马光。这首诗就是司马光重新被起用时，准备回到京城去"疯狂破坏变法"之前写的。

　　"四月清和雨乍晴，南山当户转分明。"表明这个时候他住在草庐里，面对南山。四月天就是初夏，下了一场雨，雨后天晴了，诗人的心情肯定是挺愉快的。

　　"南山当户转分明"，推开窗户一看，南山的景色分明，清清楚楚，不再像春天柳絮四起、朦朦胧胧的。于是诗人由衷地发出感慨，"更无柳絮因风起，惟有葵花向日倾。"再也没有那些烦人的柳絮这儿一片那儿一片，弄得迷迷蒙蒙的，只有这向日葵对着太阳转着头。

　　这是托物言志，用柳絮比喻王安石得势的时候身边那群小人。独有葵花向日倾"他把自己比喻成向日葵，意思是只有我这十五年来不离不弃，一心向着当今皇上，我是处于江湖之远，但是我心忧庙堂之高。只有这些小人都没了，才能显出我的忠心耿耿。"向日倾"，我对着太阳表述自己的忠心。

这首诗不光是司马光心境的体现，愉悦心情的展示，也表达了他的政治抱负和坚定的立场。

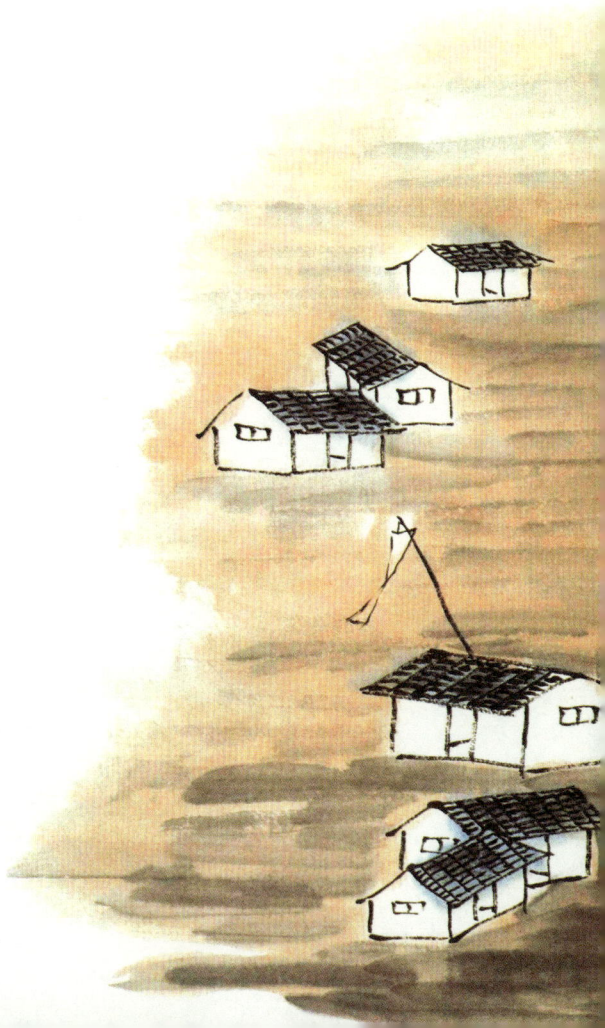

扫码听音频

鄂州南楼书事

宋·黄庭坚

四顾山光接水光，

凭栏十里芰荷香。

清风明月无人管，

并作南楼一味凉。

〔释义〕

倚着栏杆，举目四望，山色和水色连接在一起，

辽阔的水面上飘来阵阵荷香。

清风和明月自由自在，

交融在一起，从南楼吹来，让人感到凉爽、惬意。

【老梁解读】

　　鄂州在现在的武汉、黄石一带，南楼在武昌蛇山顶上，这首诗描写的是夏夜登楼眺望的情景。

　　诗人描写的这个景物是立体的，有视觉、有嗅觉、有听觉、有味觉、有触觉，他把各种感觉融到一起，并成一个"凉"字，最后收尾在这个字——"凉"。

　　这时虽然是夏日，但是登顶看到山光水光，他从心里往外是凉爽舒适的，他最终体会到这个"凉"字。

　　"四顾山光接水光，凭栏十里芰荷香。"意思是登到南楼上，靠着栏杆一看，"四顾山光接水光"。长江上起来水雾后，远处的山变得朦朦胧胧，江上也变得烟波浩渺，所以山光水光连到一块儿了。在天地之间朦朦胧胧，分不清何处是山、何处是水，这就是"四顾山光接水光"视觉上的效果。

　　"凭栏十里芰荷香"，靠在这栏杆上看，周围十里以内水面上都是挺起来的荷花，清香扑鼻而来，转到了嗅觉上。

　　"清风明月无人管，并作南楼一味凉。"这个时候天气转凉了，因为晚上到了，吹着风，月光播撒下来。"清风明月无人管"，这"无人管"很形象，它指风肆意地吹，月光肆意地洒，诗人处在天地之间潇洒自由的状态，所以这时候诗人才能做到物我两忘，把酒临风，心情舒畅，就是我们说的荡漾起来了。

　　诗人处在无比轻松的状态，他的视觉、听觉、嗅觉、味觉，才能够合到一块，达到物我两忘的境界。在这种"无人管"的情况下，清风、明月、山光、水光、荷香在晚间随着清风送氧，"并作南楼一味凉"。这个"凉"变成了最后的味觉了。

这首诗是千古绝唱，亮点是把多重的感觉融到一起，然后给了你一个体会最深、平常人也最容易理解的感觉——"凉"。这个"凉"既是触觉又是味觉，表明你跟大自然已经亲密到可以通过舌头来感知外部世界的程度，可见这种自然风光对身心的洗礼，到了何等舒畅的程度。

【大红妈妈领读】

扫码听音频

夏日绝句

宋·李清照

生当作人杰，

死亦为鬼雄。

至今思项羽，

不肯过江东。

〔**释义**〕

活着的时候就应当做人中豪杰，
死后也要成为一名鬼中的英雄。
时至今日人们仍在怀念项羽，
因为他宁死也不愿退回江东。

【老梁解读】

　　这首《夏日绝句》，如果不说作者，读者也许会认为这是一首男人写的诗，但它其实出自南宋女词人李清照的笔下。

　　李清照是宋代有名的女诗人、词人，学问也不错，这首诗里充满着铁骨铮铮的男儿气，活着就要当人中豪杰，死了也要是鬼里面的英雄。然后联想到历史：当年项羽兵败，败退到乌江口，船夫说："我拉着你回江东！"项羽说："我有

何面目去见江东父老？"于是就自刎了。这表现了项羽性格刚烈的一面，绝不苟且偷生。

李清照写这个是在影射南宋的皇帝、官员，只满足于眼前的享乐，根本不想收复中原、直捣黄龙，而是选择苟且偷生。李清照很恨这些人的龌龊行径，然而她是一个弱女子，左右不了大局，所以只能用写诗的形式来讽刺南宋的统治者和贪图享乐的官员。

李清照虽然是女儿身，但她也是具备男儿气质的一个人。她喜欢喝酒，经常喝多，酒量据说比男人还好。李清照的学问也很大，她丈夫赵明诚诗词歌赋处处不如她，有个词叫"巾帼不让须眉"，李清照就是典型的代表。

【大红妈妈领读】

扫码听音频

三衢道中

宋·曾几

梅子黄时日日晴，

小溪泛尽却山行。

绿阴不减来时路，

添得黄鹂四五声。

〔释义〕

梅子成熟的季节，每天都风和日丽。

乘坐小船到小溪的尽头，再沿着山间小路前行。

山路两旁绿树成荫，与来时的路一样浓密，

还增添了几声黄鹂的鸣叫。

【老梁解读】

这首写景的诗，诗人曾几用了删繁就简的方式，只选取了风景当中的几个点，足以让读者把诗记住。

"梅子黄时日日晴"，说的是江南一带的梅雨季节，梅子开始生长的时候，江南地区阴雨连绵，就是所谓的梅雨。而当梅子熟的时候，雨水开始渐渐停歇，因此叫出梅。出梅以后，太阳常出来，温度升高。

"小溪泛尽却山行"，出梅之后，诗人坐着小船，沿着小溪往前走，水路走到头了，就弃船走山路。

"绿阴不减来时路，添得黄鹂四五声。"走山路的时候，看到的还是一片绿色，诗人觉得这里的绿色跟小溪两岸的绿色一样，这是因为，阳光刺眼，让诗人除了感觉周围一片郁郁葱葱之外，其他的细节都看不清楚。这和前面的"日日晴"是对应的。但是，诗人还是感觉到了一些不同，这不同就是，听到了黄鹂的叫声，显得山里比较幽静。

这首诗的作者是曾几，他在南宋时曾当过江西的提刑官。他在位时，经常给朝廷写一些意见书，主要是抨击当朝宰相秦桧，结果惹恼了秦桧，就被罢了官。直到秦桧死了之后，他才又回来当官，所以他的职业生涯也是几起几落。

南宋有个现象，秦桧当宰相时一手遮天，权力很大。但是秦桧一死，皇上马上就不按他那一套办了，所以秦桧在位贬了很多官，等到他死了之后，这些官又都回来了，这就是历史很奇妙的地方，这也很好地诠释了我们熟知的那句话，"一朝天子一朝臣"。

【大红妈妈领读】

扫码听音频

小 池

宋·杨万里

泉眼无声惜细流，
树阴照水爱晴柔。
小荷才露尖尖角，
早有蜻蜓立上头。

〔释义〕

泉眼悄然无声是因为舍不得细细的水流，
树影倒映水面是喜爱晴天柔和的风光。
娇嫩的小荷叶刚从水面露出尖尖的角，
就已经有蜻蜓立在它的上头。

【老梁解读】

杨万里的诗有一个特点，就是善于捕捉生活当中稍纵即逝的情趣，这都归因于他的观察细致入微，这首诗就是典型。

夏天午后，诗人在小池塘边停留，观察周遭的景致，于是写下了这首诗。诗人的观察过程特别细致。

"泉眼无声惜细流，树阴照水爱晴柔。"泉水流淌过程当中没有什么声音，是涓涓细流，阳光暖暖地照下来，又被树荫把这阳光遮挡住了，稀稀疏疏的阳光透过树荫照到水里，然后树荫在水里倒映，显得非常柔媚。

不是剧烈的阳光，也没有被大风刮，树荫动荡得厉害，诗人写的是静态的环境，构成了小池塘一片静谧的特色。但之后，诗人在静当中观察到了动。

"小荷才露尖尖角，早有蜻蜓立上头。"这个荷叶才露出尖尖嫩角，就有蜻蜓立在上边了。蜻蜓不是突然出现的，而是飞过来的，在一片静谧当中，有一只动感的蜻蜓飞过来，立在嫩嫩的荷叶上头。

这首诗中描绘的场景像一幅典型的中国写意画，非常漂亮，而且很有韵味。

"小荷才露尖尖角，早有蜻蜓立上头"，被用来比喻孩子或者有才华的年轻人很容易崭露头角，刚显露才华就吸引了很多人的关注。

但这些关注并不一定都是好事，现在有一些父母在孩子小的时候，觉得他模仿能力强，能说大人话，就带着孩子上各个综艺节目，其实这种做法并不恰当。

孩子应该得到一点儿关注，但是不应该得到这么大范围的关注，因为这会给孩子的生活造成很大的混乱。孩子还小，应该好好在课堂里学习，和小朋友平等相处，突然把他变成小童星了，他的童年生活因此就被完全打乱了。

"小荷才露尖尖角，早有蜻蜓立上头"，来一只蜻蜓不要紧，如果所有的蜻蜓都过来，立在荷叶的上头，试问，这个荷叶还能够健康地成长吗？所以怎么样看待有特长的孩子，确实在一定程度上考验家长的智商和情商。

扫码听音频

晓出净慈寺送林子方二首·其二

宋·杨万里

毕竟西湖六月中，

风光不与四时同。

接天莲叶无穷碧，

映日荷花别样红。

〔释义〕

到底是西湖六月的景色啊，

风景与其他时节确实不一样。

青翠碧绿的荷叶一望无际，好像与蓝天相接，

盛开的荷花在阳光的辉映下，显得格外鲜红。

【老梁解读】

　　杨万里是一个非常勤奋的诗人，他一生写了两万多首诗，现在留下来四千二百多首，其中不乏精品，这说明杨万里写诗的水平很高，这首《晓出净慈寺送林子方》就是其中的翘楚。

　　林子方是杨万里的朋友，"晓出净慈寺"就是早晨起来离开净慈寺。净慈寺就是现在杭州的净慈寺。净慈寺有几个非常有名的传说，一个是相传这是当年济公出家的地方，另一个是净慈寺门口每天晚上都会敲钟，这就是杭州人非常熟悉的南屏晚钟。

　　一推开山门，净慈寺正对着的就是西湖，现在是西湖的太子湾公园，也是苏堤的一个起点。这地方桃红柳绿，荷花特别多，湖面上荷花基本上是连成片的。所以诗人早上一出门送林子方的时候，看到这个场景便有感而发。

　　"毕竟西湖六月中，风光不与四时同。""六月中"指的是到了盛夏季节，"四时"是春夏秋冬，指除了六月份的其他时间。这两句的意思就是：西湖虽然各个季节都有各个季节的特色，晴湖、雨湖、雪湖，各有妙处，但是六月中的景色恐怕是西湖最具代表性的了，跟其他时候完全不一样。

　　那么，六月的西湖好在什么地方呢？诗人做了惟妙惟肖的解释。

　　"接天莲叶无穷碧，映日荷花别样红"，莲花在池塘上面到处都是，远处仿佛跟地平线、跟天都接到一块儿了，绿色一眼望不到头。而在朝霞的映衬下，红色的荷花与绿色的莲叶相对比，显出别样的红色。

　　日光照下来之后，天地之间显得特别透亮。由于光线充足，在荷叶映衬之下，使荷花的红跟平常不一样，特别红，特别鲜艳，这就叫"映日荷花别样红"。

　　这样一幅场景，是西湖平常时节看不到的，而诗人用非常细腻的笔触描绘出了这一时刻，给读者呈现了一幅明艳壮丽的景观。

扫码听音频

夏日田园杂兴·其一

宋·范成大

梅子金黄杏子肥，

麦花雪白菜花稀。

日长篱落无人过，

惟有蜻蜓蛱蝶飞。

〔释义〕

梅子变得金黄，杏子也越长越饱满了。

荞麦花雪白一片，菜花却很稀疏。

白天长了，篱笆的影子随着太阳的升高也渐渐变短，门前无人走动，

只有蜻蜓和蝴蝶在篱笆间翩翩起舞。

【老梁解读】

范成大这首诗就像一幅色泽鲜艳的油画，堆砌了农间常见的几种植物。

"梅子金黄杏子肥，麦花雪白菜花稀。"梅子、杏子、麦花、菜花，这四种植物，梅子是金黄的，麦花是雪白的，杏子显得果实丰满，菜花则显得稀稀疏疏。诗人把这四种花果放在一起，虽然是用简单的词语进行描绘，可是在读者脑海里，田间景色一下子就浮现出来。

后边两句在描写周边环境，"日长篱落无人过，惟有蜻蜓蛱蝶飞"。"篱落"就是篱笆，"蛱蝶"是红黑翅膀的蝴蝶，这两句的意思是：白天长了，篱笆旁边没有人，只有蜻蜓和蝴蝶在飞。眼前这个画面，结合之前堆砌的花果，一下子画面的立体感就出来了。

诗人的这种写法是一种白描，然后点缀上色彩，立马让人觉得眼前的景物活了起来。

【大红妈妈领读】

扫码听音频

夏日田园杂兴·其七

宋·范成大

昼出耘田夜绩麻，

村庄儿女各当家。

童孙未解供耕织，

也傍桑阴学种瓜。

〔释义〕

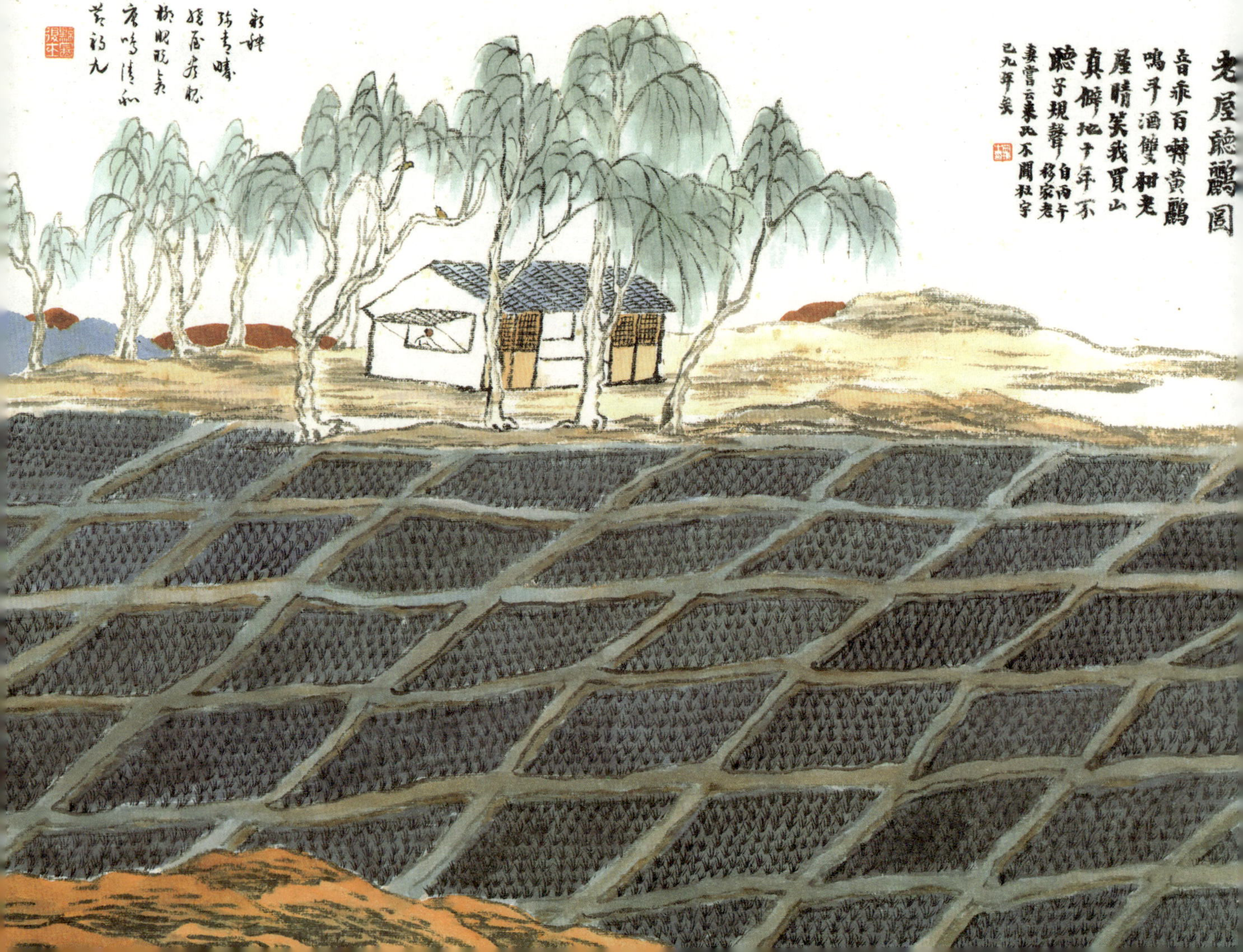
老屋聽鸝圖
音乖百囀黃鸝
鳴手酒雙柑老
屋晴笑我買山
真僻地十年不
聽子規聲

【老梁解读】

范成大这首诗，犹如一幅农村风土人情的水墨画，形象又生动。

"昼出耘田夜绩麻"，白天出去除草、种田，晚上回来搓麻绳纺麻线，一天到晚忙个不停，劳动人民就是这样的生活节奏。

"村庄儿女各当家"，这里"儿女"指的是长大成人的儿女，就像过去常说"穷人的孩子早当家"，农民的孩子已经开始了辛勤的劳作。而大人的行为又会对孩子产生积极的影响，所以有了后边两句。

"儿童未解供耕织，也傍桑阴学种瓜。"意思是：孩子虽然不太理解大人耕田、织布这些辛劳，但是也跟着学，他们在桑树树荫底下挖坑，浇水，学大人种瓜。其实这里也寓意着这些孩子和大人的传承是"种瓜得瓜，种豆得豆"。

这就说明在中国乡村，老百姓的生活习惯、行为方式对孩子的成长会产生非常深远的影响。这就像民间的俗语"老猫房上睡，一辈传一辈"。所以，这也提醒我们，家长教育要起好带头示范作用，要知道，父母是孩子的第一个榜样，实际上孩子身上很多好的习惯或坏的习惯，都是源自他们的父母。

【大红妈妈领读】

扫码听音频

乡村四月

宋·翁卷

绿遍山原白满川,

子规声里雨如烟。

乡村四月闲人少,

才了蚕桑又插田。

〔释义〕

山岭原野间一片翠绿，稻田里的水色与天光交相辉映，
天空中烟雨蒙蒙，杜鹃声声蹄叫。
乡村的四月没有人闲着，
刚刚结束采桑养蚕的事儿又要开始插秧了。

【老梁解读】

　　这首诗的作者翁卷是浙江永嘉人，永嘉就是现在的温州。诗人一生很有意思，他从来没参加过科举，也没求过官，就是一个安心老守田园、研究学问的隐士。他关心民间疾苦，对劳动人民充满同情，而这首诗写的是乡村四月的景象，正是农忙的季节。

　　"绿遍山原白满川"，绿色漫山遍野，因为这个时节正值农忙，无论是植物还是农作物都是绿色的。"白满川"指的是种水稻蓄水的水库，在太阳照耀之下，水库反射出来的是白光。

　　"子规声里雨如烟"，"子规"是杜鹃鸟，杜鹃鸟在农忙季节刚好叫得特别勤，"雨如烟"指的是正是下雨的时节，趁着下雨，田地被雨水滋润有利于播种。

　　"乡村四月闲人少，才了蚕桑又插田。"乡村四月正是农忙，全家男女老少都要出来忙活，刚刚把桑蚕的事儿弄完了，又赶紧下田去插苗、灌水……整首诗反映的都是农忙时候的景象。

　　这种景象在今天来看基本上就不存在
了。因为过去在农忙的时候，人确实忙得
很，休息时间短，从早晨起来到晚上睡觉
之前基本都在劳作，非常辛苦。可是眼下
农村不是这样的，一些地区甚至实现了机
械化、集约化，种地比过去更省时、省事。
所以现在在农村，农忙的时候也有不少闲
人，因此有大量的剩余劳动力转移到城市，
所以现在去农村，恐怕"乡村四月闲人少"
的景象就不复存在了。

扫码听音频

村　晚

宋·雷震

草满池塘水满陂，

山衔落日浸寒漪。

牧童归去横牛背，

短笛无腔信口吹。

〔释义〕

绿草长满了池塘，池水几乎溢出了岸边。

落日西沉，半挂在山腰，影子倒映在水中，波光粼粼。

放牛的孩子横骑在牛背上把家还。

随意地用短笛吹奏着不成调的乐曲。

【老梁解读】

　　这首诗的名字叫《村晚》，写的是山村晚间的景色。在中国诗词里，有大量描写山村景色的，但是这首诗的独特之处在于写出了山村的"野趣"。我们欣赏这首诗的时候，着眼点应该在一个"野"字上。

　　"草满池塘水满陂"，就是说山村晚间的时候，池塘的水是满的，岸边的草郁郁葱葱，显得生机勃勃。这时，太阳要落山了，"山衔落日浸寒漪"意思是，太阳一半落下了山，倒映在水里，好像大山张着嘴叼含着落日一样。"浸寒漪"的意思是水面上波纹荡漾，是种动中有静的状态。"山衔落日"就像大山含着火红的落日缓缓地往前走，在水波荡漾之下，有动感。

　　"牧童归去横牛背，短笛无腔信口吹。"这里用"横"和"信"字，体现了前边说的"野"字。牧童放完牛回家，正常骑牛应该是正着骑，两条腿放在牛背的两边，或者吹着笛子或者赶着牛往前走。可是这牧童是"横牛背"，扭过身来，半躺半卧，也就是说孩子这时处在悠闲自在的状态，这个"横"体现出了山村生活的闲适、无拘无束。

　　"短笛无腔信口吹"，是指牧童拿了根笛子，山村的小孩，没那么高的音乐素养，就是随便吹，吹出什么调算什么调，想吹到哪儿就吹到哪儿。这个"信"字和"横"字，形成了野趣的核心点，无拘无束，身在山野心亦在山野，所以说"横牛背""信口吹"反映了山村的野趣。

　　诗人通过描绘山村闲适的生活，表现出当时山村夜晚，大家无拘无束、自由自在的景象。"山村中日出而作，日落而息，凿井而饮，耕田而食，帝力于我何有哉？"

　　诗人当时也是不问世事，不做官，就在山村里隐居了，所以他才有这样的心态，他眼中看到的景物，才能有这样无拘无束的野趣，这就是心里的的状态和外部的世界是吻合的，什么样的心情就会看到什么样的景物，什么样的景物就会联想到什么样的思绪。

黄花酒 白石

图书在版编目（CIP）数据

老梁讲古诗词．夏卷 / 梁宏达，大红妈妈著 . —北京：台海出版社，2018. 9

ISBN 978-7-5168-2065-0

Ⅰ．①老… Ⅱ．①梁… ②大… Ⅲ．①古典诗歌—诗歌欣赏—中国 Ⅳ．① I207.2

中国版本图书馆 CIP 数据核字（2018）第 190080 号

老梁讲古诗词·夏卷

著　者：梁宏达　大红妈妈

责任编辑：戴　晨　曹任云　　　装帧设计：仙　境
版式设计：马宇飞　　　　　　　责任印制：蔡　旭

出版发行：台海出版社
地　址：北京市东城区景山东街 20 号　　邮政编码：100009
电　话：010-64041652（发行，邮购）
传　真：010-84045799（总编室）
网　址：www.taimeng.org.cn/thcbs/default.htm
E-mail：thcbs@126.com

经　销：全国各地新华书店
印　刷：玉田县昊达印刷有限公司
本书如有破损、缺页、装订错误，请与本社联系调换

开　本：880mm×1230mm　　1/24
字　数：100 千字　　　　印　张：6
版　次：2019 年 2 月第 1 版　　印　次：2019 年 2 月第 1 次印刷
书　号：ISBN 978-7-5168-2065-0

定　价：168.00 元（全四册）

老梁讲古诗词

梁宏达 大红妈妈 著

秋卷

台海出版社

目录 | CONTENTS

【大红妈妈领读】

扫码听音频

敕勒歌

南北朝时期民歌·选自《乐府诗集》

敕勒川，阴山下。

天似穹庐，笼盖四野。

天苍苍，野茫茫。

风吹草低见牛羊。

〔释义〕

辽阔无边的敕勒平川在阴山脚下，无尽地蔓延。

苍天像一顶巨大的圆顶毡帐，覆盖着美丽富饶的大草原。

蔚蓝的天空无边无际，苍茫的原野辽阔深远。

微风吹来，草儿低俯，

一群群肥壮的牛羊在眼前时隐时现。

【老梁解读】

　　小读者们即便不知道《敕勒歌》，也应该听过"天苍苍，野茫茫。风吹草低见牛羊"。我们今天听到很多内蒙古地区的民歌，里面都有这首歌的影子，尤其是"风吹草低见牛羊"这句话。

　　阴山就在今天内蒙古地区北部。所以现在这首《敕勒歌》，也成为内蒙古地区旅游标志性的一个文艺作品。

　　现在很多人解读这首诗歌的时候，看到"天似穹庐，笼盖四野"这两句，总会说这首诗歌是用来歌颂无比美好的大自然风光的。其实这背后还有更深一层的含义，那就是当地人民对大自然的一种敬畏。大自然的壮美，引起人对大自然的崇拜，崇拜产生了畏惧感，这是人与自然和谐相处的一个重要起点。

　　"天似穹庐，笼盖四野。"天就像一个大盖子，盖住了整个大地。天和地是这样的关系，那么到了人呢？就是"天苍苍，野茫茫。风吹草低见牛羊"。所有这些生物，包括人类在内，风吹草低才能看到牛和羊。

　　诗歌中所阐述的道理是：人类在大自然面前是多么渺小，与天地相比，人类何足道也？所以这反映了古时候人对天地的敬畏。

　　中国古人有几句话说得挺好，叫"天地为炉兮，造化为工；阴阳为炭兮，万物为铜"。这几句话的意思是天地就像一个大熔炉，所谓造化就是自然界的一种推动力，一种神秘的推动力，它就像一个工匠一样。轮转的自然界的能量就像炭，

而我们人类和其他所有自然界的这些生物都像铜一样被大自然冶炼，从幼稚走向成熟，进而走向死亡，进入下一个轮回。

这是古人一种相对简单朴素的认知，在这种认知基础上，中国古人对大自然是充满着敬畏的，所以他们不敢轻易地破坏大自然的和谐。我们今天很多人都缺乏一种对自然的敬畏之心，有些人肆意地去破坏自然环境，就是因为这一点。

我们也会发现在全国范围内，内蒙古是搞环保搞得比较好的，这和当地人对自然的敬畏是有直接关系的。而这首《敕勒歌》就是中国古人展示的人与自然和谐关系的一种朴素的形态。

出塞二首·其一

唐·王昌龄

秦时明月汉时关，

万里长征人未还。

但使龙城飞将在，

不教胡马度阴山。

〔释义〕

天上的月色和地上的关城，仍然和秦汉时一样，
离家万里征战御敌的将士至今仍未回来。
倘若在龙城练兵抗击匈奴的飞将军李广还健在，
绝不会让敌人的骑兵踏过阴山。

【老梁解读】

　　这首诗名气非常大，被称为唐人七绝的压卷之作，同时也是唐代边塞诗一篇非常优秀的代表作。

　　王昌龄称得上唐代边塞诗的老祖宗，因为他开创边塞诗的时候，岑参这一批人都还很小，高适这些人还没有进入边塞诗创作的序列当中。

　　这首诗被后世一些将军反复吟诵，"秦时明月汉时关，万里长征人未还。但使龙城飞将在，不教胡马度阴山"。气派是非常大的！飞将就是"飞将军"李广，这是抗击匈奴的一个大英雄。

　　诗里有个有趣的地方：古今有一个地方能对应上，就是"但使龙城飞将在"中的"龙城"，这龙城是卢龙城，就是现在的河北卢龙，卢龙那儿有一个古长城关隘叫喜峰口，这个地方是连接内蒙古和北京的一个重要的交通要道，历来为兵家必争之地。当年在喜峰口这里为了抵抗北方游牧民族的入侵，确实发生过很多可歌可泣的故事。

　　到了中国近现代，喜峰口依然是一个绕不过去的值得纪念的地方。1933年3月11日，当时国民革命军第29军在军长宋哲元的带领下，在喜峰口和日军打了一仗。起因是"九一八"事变之后，日本人一直觊觎山海关以内的地方，就到处寻找借口和中国军队开战。历史上称这场战役为"喜峰口大捷"。

　　第29军的装备很差，枪、炮都远不如日本人，每个士兵的身上都带着一口青龙大刀，在部队请民间武术高手教大家耍大刀，结果没想到这大刀在近身肉搏当中发挥了不小的作用。

1933 年 3 月 11 日晚上，第 29 军某部夜袭日军大营，砍死砍伤日军近千名，缴获了很多物资，包括一架飞机。这在那个时代是石破天惊的战果，打破了日军不可战胜的神话，极大地振奋了民族精神。

这个地方，过去有"龙城飞将"，近代有"喜峰口大捷"。所以说为什么今天我们中国人还能够在传统文化当中汲取到力量，为什么传统文化还能够助力中华民族的伟大复兴呢？就是依靠古今一脉相承的精神。

扫码听音频

芙蓉楼送辛渐

唐·王昌龄

寒雨连江夜入吴，平明送客楚山孤。

洛阳亲友如相问，一片冰心在玉壶。

〔 **释义** 〕

迷蒙的冷雨，连夜洒遍吴地江天。

天亮时送别友人，只留下我孤对楚山，冷清的身影。

到了洛阳，亲朋好友如果问起我来，

就说我的心依然像玉壶里的冰一样纯洁（未受功名利禄的玷污）。

【老梁解读】

这首诗是王昌龄在逆境当中，内心孤苦、高傲、清高的一种真实体现。

王昌龄科举很顺利，年纪轻轻就考上了进士，也很顺利就当官了，但是因为他本人比较清高，不大愿意跟一些蝇营狗苟的同僚同流合污，因此遭到很多人排挤，甚至陷害，他的仕途始终不顺。

每当王昌龄要晋升，就有人说他坏话，甚至把他贬到外地去。写《芙蓉楼送辛渐》的时候，王昌龄刚刚到江宁上任。江宁就是江苏南京，这是他重新获得起用，但是官并不大，当地的官场气氛也不是很好，因此他不愿意去，在老家洛阳拖延了半年，最后才去上任。

到了任上，王昌龄的心里面也气不顺，这时候好朋友辛渐来看他，临别之际，设摆酒宴写了这首诗。"洛阳亲友如相问，一片冰心在玉壶。"就是王昌龄对辛渐说：如果洛阳亲友问我怎么样，有人猜忌我是不是干了坏事，别人才排挤我，你告诉大家，我冰清玉洁，问心无愧。

那个时候王昌龄确实有点儿四面楚歌的味道，仕途不顺不说，周围的人也不待见他，很多人甚至把他看作丧门星。去江宁上任之前，王昌龄在襄阳遇到了前辈孟浩然，孟浩然那一段时间背后长了个疮，两个人很投缘，高兴之余纵酒无度，结果因为贪吃饮酒，孟浩然已经快好的疮又犯了，最终病逝了。

很多人因为这件事说王昌龄是丧门星，王昌龄面对种种误解和非议，内心是非常苦闷的，因此他也借这首诗发泄自己内心的不满。也就是因为如此，千年之后，我们依然能够感受到诗人内心的挣扎、孤傲和清高。

扫码听音频

使至塞上

唐·王维

单车欲问边，属国过居延。

征蓬出汉塞，归雁入胡天。

大漠孤烟直，长河落日圆。

萧关逢候骑，都护在燕然。

〔释义〕

独自一人准备去慰问边关，属国已到居延以外。

枯蓬随风飘出汉塞，北归大雁正翱翔云天。

茫茫沙漠中一缕孤烟直上，无尽黄河上落日浑圆。

到萧关遇到侦察的骑兵，告诉我都护已在燕然。

【老梁解读】

诗人王维早年属于边塞诗人。这首诗是他作为御史在视察边疆地区的时候写的，有点迎合统治者的味道。因为大唐的早期和西北少数民族开战，虽然获得了一定的成功、胜利，但远没达到汉代北击匈奴的战果。在这首诗里，他处处拿汉代的胜利来比拟唐代的胜利，多少有点儿往脸上贴金的味道。

"单车欲问边，属国过居延。"意思是自己一个人到边疆地区视察，当然这只是形容，当时是有随从陪着的，说我们大唐的属国都过居延那边了。居延，是汉代在西北地区设置的一个县，就是说当时汉朝的力量已经达到了居延，这里比喻唐朝的边界也到这儿了。

"征蓬出汉塞，归雁入胡天"，这里用了汉、胡字样，是拿强大的汉朝来比拟现在马上就要强大的唐朝。"征蓬出汉塞"，我像蓬草一样出了边塞。"归雁入胡天"，一看天上，那大雁已经出了边境。

"大漠孤烟直，长河落日圆"这是千古名句，这两句写得好在哪里呢？很多人置疑说，大漠里头风沙很大，烟怎么能是直的呢？"长河落日圆"，落日都是圆的，也没有什么出奇。这两句究竟是什么意思呢？过去点狼烟，用狼粪点的烟比较浓烈，一般微风是吹不动它的，除非是大风，所以烟都是笔直地升起来的。这里不是实写，是虚写。

《红楼梦》里有一出香菱学诗，就提到了这两句。她说："大漠孤烟直，长

河落日圆，直字似觉无理，圆字似觉太俗，都不那么合理，可是闭上眼睛，却如眼前亲见一般。"她是说这两句"大漠孤烟直，长河落日圆"，就好像一幅画，打开映到了脑海当中。诗人王维，他的画也很好。所以后人说"观王维之画，画中有诗；观王维之诗，诗中有画"。就是指他能抓取有画面感的东西。所以一个"直"、一个"圆"，用你心里边最熟悉的形容词，一下子把大漠的风情描摹得淋漓尽致。这是诗人遣词造句深厚功力的体现。

"萧关逢候骑，都护在燕然"，萧关实际是在宁夏一带，是出入西北的重要通道，说的是诗人在那儿碰到了侦察兵，这些侦察兵告诉他，"都护在燕然"。"都护"是指当时的军事最高统帅，打胜仗了，现在在燕然山那里待着呢。这也不是实写，而是虚写，这是借助东汉时期窦宪北破匈奴，最后一直打到燕然山的典故。燕然山在现在的蒙古国境内，窦宪打到那儿，在燕然山上刻了个石碑，表示自己的战功，就相当于我们说的"犯我中华者，虽远必诛"。

九月九日忆山东兄弟

唐·王维

独在异乡为异客，

每逢佳节倍思亲。

遥知兄弟登高处，

遍插茱萸少一人。

〔释义〕

独自远离家乡，在外漂泊，

每到佳节来临，便格外思念亲人。

想到远方的兄弟今日登高望远，

插戴茱萸时却唯独少我一人。

【老梁解读】

"每逢佳节倍思亲"应该是现代生活当中常用的诗句，它就出自王维这首《九月九日忆山东兄弟》。

九月初九是中华民族传统的重阳节，古代这个节日有一个习俗是登高，然后插茱萸。茱萸是一种带有香味的植物，古代认为插茱萸可以辟邪，譬如很多地方端午节会搜集艾蒿，也是为了辟邪。

端午节五月初五，重阳节九月初九。五和九这在个位数的奇数里边一个是中间，另一个是最大，这两个数字代表着阳气最旺。因为奇数象征着阳，偶数象征着阴，古代认为阳气最旺时，各种毒虫毒物容易出没，所以老百姓要用各种各样的方式辟邪。

端午节饮雄黄，雄黄酒是针对蛇虫的。

这里还有一个常识，五月初五端午节跟九月初九重阳节一样，不能说端午快乐、重阳快乐，而要说端午吉祥，重阳平安、安康，要用这样的字眼。

这首《九月九日忆山东兄弟》不光贡献了一句"每逢佳节倍思亲"的名言，还有一个地方非常奇妙。"遥知兄弟登高处，遍插茱萸少一人。"作者本来是"独在异乡为异客"的，自己一个人在异乡，周围也没有亲人，感到很孤单，于是想家了。可是他不只写自己如何想家，他写的是遥远的家乡，在这一天大家都去登高，也就是"遥知兄弟登高处"。结果插茱萸的时候一看，唯独就少了王维一个人，就是"遍插茱萸少一人"。

这个转换手法是非常巧妙的，王维不写自己如何想家，反而写家里的亲人就少了他一个，这说明"每逢佳节倍思亲"是有价值的。就是他想念亲人，亲人也在思念他。这种互相呼应，这种转换手法，才使思念更加具备时空的穿透力。这让我们不得不佩服诗人的奇思妙想。

静夜思

唐·李白

床前明月光，
疑是地上霜。
举头望明月，
低头思故乡。

〔释义〕

皎洁的月光洒在井栏上，
好像地上泛起了一层霜。
我抬头仰望那轮明月，
不由得低头沉思，想起远方的家乡。

【老梁解读】

《静夜思》是李白在外地想念家乡的一首诗，可以说脍炙人口。这里面格外值得一说的，是第一句"床前明月光"中的这个"床"。这个"床"是什么意思？很多人说是睡觉的床，其实不是的。

读者试想一下，如果李白躺在床上，那"举头望明月"，他就要隔着窗户往外望。唐代那时候的窗户都是纸和其他东西做的，还没有玻璃，根本看不清外头的月光。另外，"疑是地上霜"，这地上、屋里的地面要能有霜，这屋里得冷成什么样了。所以就这两点来讲，把"床"解释成屋里睡觉的床是不合理的。

自古以来这个"床"的解释有几种：一种是搁东西的架子，比方说这个琴，古琴，放那个东西的叫琴床，比方说井栏，周围那个叫井床；还有一个是指坐具和卧具，就是你坐的那凳子和躺那儿的东西，都可以叫床。

古诗词《孔雀东南飞》里边有一句话，"媒人下床去，诺诺复尔尔"。即这媒人在家跟人聊天，然后走了，"下床去"意思是从坐榻上下去。还有杜甫写的："床头屋漏无干处，雨脚如麻未断绝。"这个"床"大抵就指的是卧具。

"床"在唐代很多时候指的是坐具，类似现在的小马扎。所以有人解释，"床前明月光"，指的是在外头乘凉，坐在那个小马扎上，这才能解释清楚"举头""低头"，一抬头看到月亮，一低头看到地上。

但是单独解释成马扎也有缺陷，因为这时候已经是下秋霜的季节，就无所谓坐马扎在外头乘凉了。所以"床前明月光"这个"床"应该是指井床，井口边上的井栏，古人把它称为井床。

这首诗的情境就是：诗人晚上睡不着觉，溜达到井边了，看到月光播撒下来，把井旁边照得很亮，像是地上下了霜似的。这才符合秋季有秋霜。而且是在外边，能直接看到月光。

所以学古诗词，一定首先要搞清楚，里边涉及的一些词汇和我们今天的含义是不是不一样，如果不理解这些，解读古诗词就容易张冠李戴、贻笑大方。

【大红妈妈领读】

扫码听音频

独坐敬亭山

唐·李白

众鸟高飞尽，

孤云独去闲。

相看两不厌，

只有敬亭山。

〔释义〕

群鸟高飞无影无踪，

天上的孤云也悠闲地飘走了。

你看我，我看你，彼此之间不厌烦的，

只有我和眼前的敬亭山了。

【老梁解读】

要理解这首诗，先要了解作者李白当时的处境。写这首诗的时候，李白刚刚经历了仕途的起落，身边有些朋友也离他而去。

"众鸟高飞尽，孤云独去闲。"说的就是：鸟都飞走了，就那么一片云彩也都飘走了。这里的"鸟"和"云"并不是指不好的人和事物，而是指美好的东西。

李白这时候经历过长安的繁华喧嚣，身边的朋友贺知章、杜甫，一个个远走天涯，有的甚至离开了这个世界，身边没有朋友，很孤寂。同时，敌人也没有了。

他曾经让杨国忠磨墨，让高力士脱靴，得罪了很多权贵，但现在这些跟他敌对的人，随着"安史之乱"引发的天下动荡，也都不复存在，李白也远离了那个尔虞我诈、钩心斗角的仕途环境。

所以，这时候的李白处在悠闲无比，但同时又无比落寞的状态下。没有朋友，也没有敌人，他觉得只能寄情于山水，才能找到自己真正的乐趣，实现人生的终极追求。

中国古人说："智者乐水，仁者乐山。"这时候看到敬亭山，就仿佛大山是诗人的好朋友，能够和他心与心地沟通和交流。"相看两不厌，只有敬亭山。"这"两不厌"不是诗人看山不讨厌，而是山像一个沉默的长者、朋友一样，永远敦厚地注视着、抚慰着诗人。所以这是李白历经繁华过后，回归自然，发出的心声，这也说明当时作者有落寞之后要回归山水的这样一种隐士心理。

古朗月行（节选）

唐·李白

小时不识月，呼作白玉盘。

又疑瑶台镜，飞在青云端。

仙人垂两足，桂树何团团。

白兔捣药成，问言与谁餐？

〔释义〕

小时候不认识天上的月亮，

将它称为挂在天空中的白玉盘。

又怀疑它是瑶台仙人使用的明镜，

飞到了青云的上边。

月中的仙人是垂着两只脚吗？

月中的桂树为什么长得圆圆的？

月亮上的白兔在捣仙药，

请问这药究竟是捣给谁吃的？

【老梁解读】

李白这首《古朗月行》视角很独特，其实是把小孩子对月亮的各种想象都融到了诗里。

前面说到的"白玉盘""瑶台镜"，都是视觉上的直观印象，到后边关于"桂树"和"玉兔"，则变成了传说。孩提时代对月亮所有美好的想象，都融到了李白的这首诗里边。

这些传说是怎么形成的呢？关于玉兔有几种说法：一种说法是当年嫦娥辜负了射日的后羿，把灵药吃完之后直接奔月了，但是到了月亮上之后感觉太孤独了。玉皇大帝知道之后，觉得她背信弃义，就罚她变成了兔子，天天捣药，来给神仙做丹药。

还有一种说法是后羿在人间很孤单，每天都想念自己的老婆嫦娥。后来玉皇大帝看他可怜，就把他变成一只兔子，到月亮里边陪着嫦娥，每天给嫦娥捣药。但是嫦娥不知道天天思念她的后羿就在身边，所以这也是个悲剧的爱情故事。

桂树的传说主要是吴刚伐桂，毛泽东的诗里有"吴刚捧出桂花酒"，这个吴刚原来是个练武的，进山里修炼的时候，他老婆和炎帝的孙子私通，还生了孩子。所以吴刚很生气，回来三拳两脚把炎帝的孙子给打死了，这下犯了天条，炎帝罚他到月亮上砍那棵桂树，吴刚如果把树砍倒就算赎罪。

可是这桂树很粗，一天砍不倒它，需要好几天，但就在吴刚睡觉的工夫，桂树被砍的口子自己愈合了，第二天吴刚还得从头砍，永远没完没了，也就是说吴刚要无休止地受劳累之苦。

其实这样的传说外国也有，西方有一个神话人物叫西西弗斯。西西弗斯触怒了宙斯，因此被罚到山下推石头上山，可是石头太大了，每每没到山顶就又立即滚下山去，于是他只能接着再推。

为什么传说里边有非常多的循环往复的受苦受罪呢？其实这和编故事的人也有关。每个人听故事都愿意刨根问底，经常问后来怎么样，有人也没办法，说不出后来怎么样，于是就编造无休止的情节，这也是编故事的一种技巧。

秋浦歌十七首·其十五

唐·李白

白发三千丈，
缘愁似个长。
不知明镜里，
何处得秋霜。

〔释义〕

头上的白发长达三千丈，
只因心中的愁绪也这样长。
不知道在明亮镜子里的我，
从哪里得来这满头苍苍白发。

【老梁解读】

　　李白作为伟大的浪漫主义诗人，写诗用得比较好的修辞手法是夸张，这首诗就很好地体现了这一点。

　　"白发三千丈，缘愁似个长。"白发居然能长到三千丈，这是多么大的夸张，但是这个夸张是有根据的，第二句就解释了，是因为发愁，新愁加旧愁累积到一起，愁得头发才这么长。因为处在非常忧虑、愤懑的心情当中，所以这头发不知不觉就长到了三千丈。

　　后两句更妙，"不知明镜里，何处得秋霜"，偶然地照一下镜子，突然间发现自己的头发白成了秋霜一样。"何处"两个字充满着辛酸，"何处"不是说不知道从什么地方头发开始发白，也不是不知道什么原因，而是说忧愁实在太多了。

　　"缘愁"和"何处"是一个意思，就是在诗人的生活里，没有让他开心的事情，新愁加旧愁，愁的是自身仕途不顺，愁的是世道艰辛无比，愁的是黎民百姓如同生活在水火之中，没有让诗人满意的地方，所以连他自己都不知道这满头白发是因为哪种愁长成的。

　　夸张的手法，把诗人内心深处的辛酸写得淋漓尽致。而且它还不是小情调，而是通过非常宏大的夸张手法，说明诗人的心思没有沉浸在自身当中，他还想着外部的世界以及自己的追求，所以他才会偶然照镜子发现有白头发，突然一惊。

　　这首诗夸张运用得恰到好处，它的边界和其中的奥妙非常值得我们后人学习。很多人用夸张用不好，往大了写就过了，但是往小了写格局又不够。所以需要看看李白的诗，明白夸张的根基在什么地方，边界在什么地方，找到了这些，夸张运用起来就会得心应手。

扫码听音频

登鹳雀楼

唐·王之涣

白日依山尽，黄河入海流。

欲穷千里目，更上一层楼。

〔释义〕

夕阳依傍着远山渐渐落下，

黄河波涛滚滚，直奔天边的大海。

如果想将更远更瑰丽的美景一览无余，

那就必须登上更高的一层楼台。

【老梁解读】

"欲穷千里目，更上一层楼。"恐怕每个读者都曾经用过这一句诗，意思是想有更开阔的眼界，就要提高自己的学识，加强修养。

王之涣一生总共留下六首诗，《登鹳雀楼》和《凉州词》就是其中的两首。这两首诗可以说是精品中的精品。

王之涣是唐代非常有名的边塞诗人，《凉州词》流传的广泛程度可以用一个故事来形容。

据说，有一次他和另两位边塞诗人高适、王昌龄一起到酒楼喝酒，酒楼上有一些歌女在弹唱。那时候的歌词就是这些文人写的诗。

这时候，有一个歌女站出来唱了一首歌，歌词是"千里黄云白日曛，北风吹雁雪纷纷。莫愁前路无知己，天下谁人不识君"。

这是高适的诗。高适听了很得意。

不一会儿，又一个歌女站出来，唱的是："秦时明月汉时关，万里长征人未

还。但使龙城飞将在，不教胡马度阴山。"

这是王昌龄的，王昌龄也高兴了。

王之涣不愿意了，说："你们看到没有，刚才唱歌的那两个歌女，嗓子不怎么好，算不上大唐好声音，我知道这儿有一个歌女，长得还漂亮，唱得又好，她唱的要不是我的诗，我在你二人面前认栽，今天这顿我请客。"

过了不久，那个最漂亮的歌女果然站出来了，轻启朱唇一唱，大伙一听，就是王之涣的《凉州词》："黄河远上白云间，一片孤城万仞山。羌笛何须怨杨柳，春风不度玉门关。"王之涣听了哈哈大笑："你们看怎么样，咱们三个人比，还是我更胜一筹。"

【大红妈妈领读】

扫码听音频

凉州词二首·其一

唐·王翰

葡萄美酒夜光杯，

欲饮琵琶马上催。

醉卧沙场君莫笑，

古来征战几人回？

〔释义〕

精美的酒杯之中斟满甘醇的葡萄美酒，

将士们正要开怀畅饮，乐队奏起了琵琶，那急促欢快的旋律

像是催促着将士们举杯痛饮。

如果我醉倒在战场上，请你莫笑话我，

从古至今外出征战又有几人能回？

【老梁解读】

每当读起这首诗的后两句，总让人油然而生一股悲壮，"醉卧沙场君莫笑，古来征战几人回"。"醉卧沙场"，看起来是个很欢乐的场面，但是为什么要"醉卧沙场"呢？因为毕竟"古来征战几人回"，那么这一天战士们要得乐且乐。

后两句反映了战争的残酷，士兵们有今天没明天，所以后世写战争的时候，往往是以悲壮为主基调。像"只解沙场为国死，何须马革裹尸还""埋骨何须桑梓地，人生无处不青山"等，都是从悲壮的角度来解读战争的。

王翰这首《凉州词》是非常独特的，"葡萄美酒夜光杯，欲饮琵琶马上催"和后边的悲凉是一脉相承的。"葡萄

美酒夜光杯",葡萄酒为什么要用夜光杯喝呢?因为这个夜光杯是玉做的,半透明,葡萄酒放到里面,颜色就像血红一样,像喝鲜血一样,暗指战争的残酷。

岳飞的《满江红》里说:"壮志饥餐胡虏肉,笑谈渴饮匈奴血。"拿夜光杯喝葡萄酒,就好像喝敌人的鲜血一样,这既是一种悲壮,也是一种悲凉,我们可以把它理解为一种悲壮美。

【大红妈妈领读】

扫码听音频

秋词二首·其一

唐·刘禹锡

自古逢秋悲寂寥，

我言秋日胜春朝。

晴空一鹤排云上，

便引诗情到碧霄。

〔释义〕

自古以来，人们都会悲叹秋天萧条空寂。

我却认为秋天远远胜过春天。

秋高气爽，仙鹤推开层云，飞向万里晴空，

也激发我作诗的兴致，直冲云霄。

【老梁解读】

中国古典诗词里写到秋天，大多是相对悲凉的心态，但是刘禹锡这首《秋词》却反其道而行之，"自古逢秋悲寂寥，我言秋日胜春朝"。他说秋天比春天还要好。在这里，他一方面是通过这首诗给自己打气，另一方面也显示了自己的卓尔不群、不忘初心。

刘禹锡创作这首诗时，刚刚 34 岁，正是意气风发的时候，但因为他参加了一场政治革新运动，结果皇上降罪于他，把他贬到朗州，当了朗州司马。朗州就是现在的湖南常德，那时候朗州和穷山恶水差不多。

在他 34 岁年轻有为、仕途春风得意之际，突然遭到了这样的打击，可他没有一蹶不振，反而认为自己一定还有东山再起的时机。所以他在人生不如意时，没有像其他人到秋天就生出悲凉的心境那样，没有被悲凉的情绪所笼罩，反而看到了积极的一面，体现了诗人的特立独行、卓尔不群。

所以他才说秋天比春天好，他的理由是"晴空一鹤排云上，便引诗情到碧霄"。春天、夏天虽好，但是经常下雨，天气经常阴着，只有秋天才是秋高气爽，天高云淡。"晴空一鹤排云上"，仙鹤好像踩着云彩飞了起来一样，"便引诗情到碧霄"，把我的思绪一直引到九霄云外，让我的诗情豪情能够弥漫在天地之间。这种境界非常阔达，岂是春雨、夏风这些小儿女心态能比的呢？

他作这首诗是想表达自己百折不挠，不会被逆境所打倒的精神，还想表达自己不改变初衷，坚持自己的信念的做法。你们认为春天花枝招展、风和日丽挺好，但我却不这样认为，我认为秋天是对于我人生的更高层次的历练，它能使我向更高的境界迈进。

看起来他好像在歌颂秋天，其实是在给身处困境的自己打气、加油。中国古代诗人写景都不是单纯写景，写景的目的是抒情，只不过里边有有我之境、无我之境的区别。这首《秋词》，有我之境、无我之境都体现出来了，它是诗人主观意象和客观景象互相重叠而产生出来的名篇。

浪淘沙

唐·刘禹锡

九曲黄河万里沙，

浪淘风簸自天涯。

如今直上银河去，

同到牵牛织女家。

〔释义〕

弯弯曲曲的黄河挟带着泥沙,

经受了浪涛的冲洗和狂风的簸荡,从遥远的地方奔腾而来。

如今我想(沿着黄河的波涛)直飞上银河,

一同到牛郎和织女的家里做客。

【老梁解读】

刘禹锡这首写黄河壮美景象的诗，也要结合诗人当时的处境来理解。刘禹锡参加改革新政，却没有得到皇上的支持，被贬到了边远地区，这时候刘禹锡虽然看到了黄河的壮观景象，但其实他心里怀着很多不平不满来写这首诗。

"九曲黄河万里沙，浪淘风簸自天涯。"河曲县地处山西、陕西、内蒙古三省交界处，黄河由东、西、南三面绕县境流过，河道弯弯曲曲，因此被称为九曲黄河。

民歌唱：天下黄河九十九道弯，九十九只船上九十九根杆，九十九个艄公来把船儿搬。黄河在这里弯转的地方特别多。而黄河带着很多泥沙，使得河水看起来很浑浊发黄，黄河的名称就是这么来的。

诗人看到这个场景，"浪淘风簸自天涯"，他想到的是"九曲黄河万里沙"是从天上来的，所以如今把它又直接带到银河上去了。带到哪儿呢？"同到牵牛织女家"，带到牛郎织女他们家去了。

诗人说的是尽管自己的志向没有达成，但是不会为此气馁，只要积蓄自己的力量，一定能成就波澜壮阔的大事。诗人写这诗，心态是咬着牙发狠的，他决心要实现自己的梦想，借助黄河汹涌澎湃的力量来表达自己百折不挠的决心。这也是见景生情、以诗言志的一个典范。

不过这首诗也说明，从唐朝开始，黄河就已经是万里沙的场景了，也反映了黄河往下游流的时候，上游的水土流失似乎是不可避免的。时至今日，黄河的水土流失比那时候要严重多了，尤其是最近的一二百年，黄河水土流失已经到了前所未有的严重程度。

有的人说是因为当地不注意水土保持，造成水土流失，其实不是这样，黄河自古就是这个样子。不过，我们仍然要力所能及地保护黄河两岸，防止水土流失。

眼下我们国家正在一点点形成水土治理机制，希望有朝一日，我们再到河曲一带看看黄河，可以和当年刘禹锡见到的一样，甚至比那时更好！而不是仅仅慨叹，黄河的环境怎么恶化到这种程度。

扫码听音频

悯农二首·其一

唐·李绅

春种一粒粟，
秋收万颗子。
四海无闲田，
农夫犹饿死。

〔**释义**〕

春天只要播下一粒种子，

秋天就可以收获很多粮食。

普天之下，没有荒废不耕种的田地，

劳苦农民，仍然被活活饿死。

【老梁解读】

如果说李绅的另一首《悯农》诗，说到"谁知盘中餐，粒粒皆辛苦"还是在同情农民，号召我们要珍惜粮食，那么这一首《悯农》，则跟那一首有了截然不同的意境了。

它是作者在做官过程当中，仔细观察农业发展的趋势后得出来的感悟。"春种一粒粟，秋收万颗子。"由于农民的辛苦劳作，一粒粟能变成万颗子。"四海无闲田，农夫犹饿死。"四海就是普天之下，普天之下都没有闲置的土地，农夫却仍然会饿死。这么大的粮食产量，怎么农夫依然还饿死了呢？

这反映了当时封建社会统治阶级横征暴敛，使农民往往没有活路。而且大量的农产品都被统治阶级占有，农民最终成了被盘剥的最底层。过去解读这首诗，往往是用阶级斗争的眼光来解读，就是农民要起来打倒统治阶级，现在看却是片面的，如果不是荒年或战乱年代，"农夫犹饿死"在封建社会也是个别现象，为什么呢？因为农民都饿死了，地主阶级也就没人能够剥削了。

从现代经济学角度来看，"四海无闲田"也不等于农民一定会过上好日子。农民想发家致富，靠土地依然是非常困难的，因为粮食的大丰收，意味着粮食本身的价值是趋于下降的。再者，粮食转化成商品被人们消费，需要经过好几个流通环节，这些环节会分走很多利润。

　　经济社会是一个复杂分工的社会，不能简简单单地看。不是这个东西谁生产的，最后谁就应该是大赢家。如果我们仅仅是从产出收益这么简单的角度来看，就极容易产生阶级斗争的思维，甚至煽动仇恨。这对于我们的社会明显是不利的，所以大家要能够辩证地看待这首诗中的含义。

扫码听音频

泊秦淮

唐·杜牧

烟笼寒水月笼沙，
夜泊秦淮近酒家。
商女不知亡国恨，
隔江犹唱后庭花。

〔释义〕

江上烟雾弥漫，月光笼罩着白沙；

夜晚船停靠在秦淮河畔，靠近岸边酒家。

卖唱的歌女不知亡国的苦恨，

隔着江水，还唱着《玉树后庭花》。

【老梁解读】

杜牧这首《泊秦淮》是一首政治讽刺诗。秦淮就是指秦淮河，古称龙藏浦，相传秦始皇东巡会稽过秣陵，以此地有"王气"，下令在今南京市区东南的方山、石硊山一带，凿晰连岗，导龙藏浦北入长江以破之，到唐代改称秦淮。秦淮河最出名的风景名胜地，就是六朝古都——南京。

当时诗人杜牧正好在秦淮河上休息，"烟笼寒水月笼沙，夜泊秦淮近酒家"。水上烟雾茫茫，"烟笼寒水"，寒水说明诗人的心情有些凄冷。"月笼沙"，月亮照在白沙之上，一片凄迷渺茫的景象。这一句让我们感受到，诗人心里觉得前路无明、无比苦闷的情感。

秦淮河历来被称为六朝古都的金粉之地，这地方是中国古代久负盛名的"红灯区"，繁华热闹。"夜泊秦淮近酒家"，看到周边一片繁华景象，由此诗人不由得感叹"商女不知亡国恨，隔江犹唱后庭花"。"商女"指的是歌伎、歌女，说这些人不知道亡国的凄惨，隔着江我都能听到，她们在唱那首著名的淫靡之曲《玉树后庭花》。

《玉树后庭花》为宫体诗，被称为亡国之音，作者陈后主陈叔宝是南朝陈的最后一个昏庸皇帝。传说陈灭亡的时候，陈后主正在宫中与爱姬妾孔贵嫔、张丽华等人玩乐。王朝灭亡的时候也正是此诗在宫中盛行的时候。当时隋朝大将韩擒虎都打到城楼底下了，城楼顶上，陈叔宝还搂着自己宠爱的妃子张丽华喝着酒唱着《玉树后庭花》。所以杜牧的另一首诗里有两句叫"门外韩擒虎，楼头张丽华"。意思是说哪管什么天下大乱，我这边自顾寻欢作乐。

诗人杜牧用这个典故来讽刺当时大唐日渐式微，这些权贵却只顾自己享受，根本不关心天下百姓的死活，还在那唱《玉树后庭花》，还在那玩乐。他拿陈后主亡国这个事儿，来讽刺当时大唐的一些权贵，没有拿天下百姓疾苦当回事，所以这是一首借古讽今、意境很高妙的政治讽刺诗。

秋 夕

唐·杜牧

银烛秋光冷画屏，
轻罗小扇扑流萤。
天阶夜色凉如水，
坐看牵牛织女星。

〔释义〕

秋意渐浓，夜色渐深，烛光映照着屏风。

手里拿着小罗扇，扑打飞舞的萤火虫。

夜色里的石阶清凉如冷水，

静坐寝宫仰望着牛郎织女星。

【老梁解读】

杜牧这首《秋夕》是一首宫怨诗。在中国封建社会，宫廷的婚姻制度颇为畸形。皇帝一人拥有成百上千的配偶。而有幸承皇恩得宠的宫女则少得可怜，绝大多数的宫女只能在深宫之中虚度光阴，浪费青春，抒发怨情。

秋夕是农历七月初七，这一天又叫乞巧节，传说这一天喜鹊会来搭桥，让牛郎织女在天河相会，两人在天上一年就见这一面。伴随着这个传说，这一天晚上有很多人会去赏月，宫女的生活非常单调寂寞，在这一天，就更显得孤单。

杜牧在他另一篇著名的文章《阿房宫赋》里说，"有不得见者，三十六年"。意思是有的宫女进了宫之后，从来没见过皇上，自己的大好青春就消磨在这孤寂的春光当中了。

宫女们盼了一天又一天，又到了秋天，七月七天日气已经转凉了，宫女们在宫里边过着节，边生出无限哀怨。杜牧描绘的就是这样的场景。

"银烛秋光冷画屏，轻罗小扇扑流萤。"点上白蜡烛，伴随着秋天的夜色，身边的屏风都显得很冷，更加觉得无比孤独。闲着没事，宫女们拿着扇子打萤火虫，这里打一下，那里打一下，就更显得无聊。这两句能看出宫女们凄冷、寂寞、无聊的心情。

"天阶月色凉如水，坐看牵牛织女星。""天阶"指的是皇宫里的台阶，因为皇上象征天子。月光洒在台阶上，本来很美好的景色也让人感觉很凄冷。坐在台阶上看那牵牛星、织女星，牛郎织女虽然苦，可是一年也能有这么一天相会，但宫女们常年在宫里待着，不能见家人，也找不到心上人，只能在宫里孤独地病死、老死。

　　人在孤独时，看什么都是不顺心的，所以乞巧节这一天，想到牛郎织女的传说，宫女们无不自伤身世。杜牧就把宫女这种哀怨的心态，淋漓尽致地表达了出来。

【大红妈妈领读】

扫码听音频

山 行

唐·杜牧

远上寒山石径斜，

白云生处有人家。

停车坐爱枫林晚，

霜叶红于二月花。

〔**释义**〕

沿着弯弯曲曲的山间小路上山，

白云缭绕的深山里居然住着人家。

驱车停下是因为喜爱这深秋的枫林晚景，

枫叶经深秋寒霜之后，竟然比二月里怒放的鲜花更红。

【老梁解读】

　　杜牧这首《山行》千古传诵，因为这短短四句里的含义非常隽永，值得人去咀嚼。头三句"远上寒山石径斜，白云生处有人家。停车坐爱枫林晚"都是为最后一句做铺垫，"霜叶红于二月花"这是最终的结论。他的层次感、逻辑性是非常严谨的。

　　"远上寒山石径斜"说明诗人为了到这个地方，是费了很大功夫的。"白云生处有人家"版本不一样，有的说"白云深处"，也有作"白云生处"的，总之都是指深山老林里边，很远很远的地方。作者到了这种地方，发现这里还有人家。这两句的意思是：大白天上山，经过一段跋涉，走了很远。

　　"停车坐爱枫林晚"，看到了枫林，作者要留在这个地方，不知不觉天色将晚，他在这儿已经待了一天了。为什么"停车坐爱枫林晚"呢？白天的时候艳阳高照人感觉不到，到了傍晚有夕照了，映得整个枫林艳红似火。就像北京香山的红叶，作者笔下说的就是这种状态。

　　一到傍晚，阳光照过来，夕阳要落山，映得整个枫林红得不得了。仿佛红色的东西在流动一般，非常漂亮，而这时候已经是晚秋了。于是作者得出个结论，"霜叶红于二月花"。意思是：这时候我们看到的红叶，比二月里怒放的鲜花还要漂亮，还要壮美。

　　作者得出这个结论的过程是：远上、寒山、石径，白云生处、停车、枫林晚。

　　他走了很远的山路，最终看到了这幕人间奇景，感叹这样的景色比二月花都要好，这不是说霜叶真的就比二月花红，而是二月花漫山遍野非常容易看到，而傍晚的枫林经过霜打这种红叶，需要经过时间、经过等待才能看到。

　　这也给了我们一个启示，天下任何名山大川，所有的风景，如果只有经过一段跋涉才能看到，人们就会珍惜它。所以这首《山行》给了我们一个启示，无论是秀丽的风景还是人生处世，越容易得到的，越不会去珍惜，往往不容易得到的人才珍惜。

宿建德江

唐·孟浩然

移舟泊烟渚，
日暮客愁新。
野旷天低树，
江清月近人。

〔释义〕

把小船停靠在烟雾缭绕的小洲边，

太阳落山，新愁又涌上游子心头。

原野空旷，远望天幕低垂，似乎比树木还低，

江水清澈，映着月亮，好像与人特别亲近。

【老梁解读】

这首《宿建德江》是一首情景交融，非常打动人的乡愁诗。描写了诗人孟浩然一个人漂泊在外，孤苦无依，见景生情的心情。

"移舟泊烟渚"，意思是：诗人在建德江上行船，停在了一个烟雾缭绕的江中小洲。"日暮客愁新"，意思是：这时候太阳落山了，诗人又添了新愁。什么新愁呢？太阳落山，天黑了，想要回家却又回不去。

建德江就是现在新安江在浙江建德市那一段，在建德江上行船，这时候天色将晚，船没有停泊在正式的码头，而停在了"烟渚"。"烟渚"就是江中心的一块小陆地，四周没有人烟。看到的都是自然景物，船上只有诗人自己。

所以这一句通过地点的描述，把诗人的环境和孤独感都写出来了。"日暮客愁新"，天一黑，发现倦鸟归林，鸟都回窝了，可是自己呢？离家远回不去。所以一看到这种场景，心里就有点儿凄凉，乡愁油然而生。旧愁还没去，又添了新愁。

"野旷天低树，江清月近人"是诗人处在孤苦环境当中，寻找的生活亮色。

"野旷天低树"的意思是：野地里非常空旷，往远了一看，好像这天比那树都低似的。让整个环境看起来很压抑，更增添了孤独感。然后诗人再从近处往水里看，于是便有"江清月近人"。意思是：晚上风也停了，江水非常清澈，这时候月亮照下来，映在江边，好像离人特别近。

在孤寂的心境中，诗人看到月亮，好像故友重逢，觉得它跟自己特别亲近，是唯一能跟自己交流的有形的东西。尤其是在波光粼粼的映衬之下，月亮也不是一成不变，好像在和人交流似的，月光播撒之下是动态的美。同时，四周没有别人，而月亮的明亮又是排他的，光辉万丈，让诗人觉得跟它有自然的亲近之情。

我们今天听到的名歌，有不少是对月亮吐露自己的心事。很多人面对月亮都愿意把心底的话说出来，是因为月亮不同于太阳那么光芒四射，它温柔地照在我们身上，而且白天又比较喧嚣，夜晚的时候比较安静，对着皎洁的月光，人容易把自己内心世界的情感宣泄出来。在这样特殊的场景、孤寂的心态下，思乡之情油然而生的时候，只有月亮能缓解自己的思乡之痛。可见，孟浩然在写情景交融这类诗上，功力之深厚。

【大红妈妈领读】

扫码听音频

望洞庭

唐·刘禹锡

湖光秋月两相和，

潭面无风镜未磨。

遥望洞庭山水翠，

白银盘里一青螺。

〔**释义**〕

秋夜洞庭湖上的月光和水色交相辉映，
湖面风平浪静如同还没有打磨的铜镜。
远远望去洞庭湖的山水苍翠如墨，
那翠绿的君山，就像是洁白银盘里托着的一枚青螺。

【老梁解读】

刘禹锡这首写洞庭湖和君山的诗，比喻极为奇妙。即使没到过现场的人，也能够一下子想到洞庭湖和君山是什么场景。

"湖光秋月两相和"，月色和湖光交织到一块儿，分不清哪儿是湖光哪儿是月色，这就叫水天一色。"潭面无风镜未磨"描写的是洞庭湖的湖面上没有风，湖水就好像没打磨的镜子一样。

过去中国古人用铜当镜子，因此要经常磨才能光亮，才能照见人影。这时候湖面没有风，整个的湖面就好像没打磨过的镜子一样，就在月光映衬之下，多少有点模模糊糊。

诗人是在哪儿看到的呢？他看到湖光、月色，并能感受到"潭面无风镜未磨"，那么他一定是站在一个有相对距离的地方，而且这个距离点一定是高于这湖面的，所以接下来后两句诗就顺理成章了。

"遥望洞庭山水翠"，然后是"白银盘里一青螺"。这边是洞庭湖，那头儿是君山，这君山像一个大白银盘子里面的一个青螺一样。因为在月光映衬之下，整个山是青松苍翠的，而整个湖面是发亮的，就像一个白银盘子里面，有一个小青螺一样。这个比喻得是多么恰当！

这时候诗人强调的是自己的视角。如果不是居高临下，他是不可能看到白银盘里一青螺的。因此我们写景物诗，自己站在什么位置，是仰视还是俯视，都是

非常关键的。如果我们的角度比较僵化，或者是跳跃性很大，很难把这景物描写出来。

有一个诗人写竹林作了两句诗，自己很得意——"叶垂千口剑，干耸万条枪。"就是竹叶垂下来像一千口宝剑一样，竹竿耸立像一万根枪，他正在得意，一旁老师过来却很不屑。

老师说他诗写得不错，"叶垂千口剑，干耸万条枪。"但是在诗中怎么竹子都是秃的呢？万条枪，千口剑，十根竿才有一根叶，这不是秃竹子吗？所以我们写诗写文章时观察角度一定要合理，否则容易贻笑大方。

【大红妈妈领读】

扫码听音频

夜雨寄北

唐·李商隐

君问归期未有期，

巴山夜雨涨秋池。

何当共剪西窗烛，

却话巴山夜雨时。

〔释义〕

你问我什么时候回家，我也不能确定；

巴蜀地区秋夜里下着雨，池塘里涨满了水。

什么时候才能和你一起在窗边剪烛夜谈，

来聊聊巴山夜雨的情景呢？

【老梁解读】

　　《夜雨寄北》是诗人李商隐在四川的时候，在一个下大雨的晚上，思念远在北方的妻子，写给他妻子的一首诗。李商隐一生都郁郁不得志，虽然才气很大，但是仕途非常不顺，始终给人当幕僚。这时他的主人到了四川这一带，他没办法也只有跟着，离家时间久了，想家，正赶上晚上凄风冷雨，便有感而发。

　　"君问归期未有期"，意思是你问我，什么时候能回来？但是我因为身不由己，无法给出一个准确的时间。这是无奈之情。"巴山夜雨涨秋池"，今天晚上外面下着大雨，雨下得太大了，院子里的池塘都涨满了。这比喻作者对妻子的思

念之情，也达到了巅峰。凄风冷雨之下，格外想念妻子和亲人。

"何当共剪西窗烛"，什么时候我才能回到老家，与你一起秉烛夜谈？我们在窗口点上一支蜡烛，等蜡烛的烛芯烧长后，我们一起给它剪掉，省得费灯油。这是非常具有生活气息的场景。"却话巴山夜雨时"，到那时候我再跟你好好说说这巴山夜雨，说说这一刻我的相思之苦。等我们两个人终于能见面时，我一定好好跟你倾诉一下。

有人说《夜雨寄北》是李商隐写来怀念自己的朋友的，这不对。"何当共剪西窗烛"，这么私密的事，怎么可能是和朋友呢？一定是和自己的爱人。虽然朋友可以聊一晚上的天，但没有点上蜡烛、剪烛芯儿的情趣，所以这首诗他是写给自己妻子的。

这首诗是借助外边的这些景物，来描写作者内心的思念之情。李商隐在写情这方面，确实达到了唐诗的巅峰。

【大红妈妈领读】

乐游原

唐·李商隐

向晚意不适，

驱车登古原。

夕阳无限好，

只是近黄昏。

〔**释义**〕

傍晚时分，我的心情有些不畅快。

驾车来到乐游原，

夕阳西下的风光无限美好，

只是已经接近黄昏。

【老梁解读】

　　李商隐这首诗名叫《乐游原》。乐游原在现在陕西西安城南，著名景点大雁塔的东北方向。在唐代，乐游原地势比周围高，游人登上乐游原可以看到长安城的全貌，所以当时这里是适合登高旅游的一个景点。

　　盛唐时期，李商隐年龄还小，而等到他诗名大盛，唐朝已经走向衰落了。这个时候的皇帝也不重视诗人的才华，所以李商隐虽然作为诗人名重一时，但一辈子都在做一些小官。

　　李商隐觉得自己很有能力，也很有抱负，却一直郁郁不得志，而这首诗的前两句，反映的就是他苦闷的心情。

　　"向晚意不适，驱车登古原。"临近傍晚，心里很不舒服，怎么散散心呢？驾着马车，到乐游原上散步，于是来到这乐游原顶上。"夕阳无限好，只是近黄昏。"站在乐游原上面，看到了万里夕阳，由衷地发出感慨，夕阳真是太美好了！只是一转眼，天就要黑了，夕阳再好，黄昏之后，也要落到西山下边，再也看不到了。

　　诗人的心情不好，因此看到什么都容易触景生情，容易感伤。夕阳每天都会落下，但在诗人这里，他想到的第一个是大唐王朝过去如此兴盛，眼下不也像夕阳一样行将没落吗？再由此他想到自己，怀着一生的抱负，可到现在却碌碌无为，没有能够实现自己的宏图，这个时候看到夕阳，仿佛想到了自己。诗人想："我

自己也就这点儿能耐了，可能过一段时间我就要退出仕途，从此寂寂无闻了。"

最后这两句在诗人感伤之余，流传了千年。"夕阳无限好，只是近黄昏"，历来都用作比喻美好的事物不久长。在李商隐心里，无论是盛唐气象，还是他个人的抱负、个人的才华，他都认为是这个世上美好的东西。但是在乱世之中，在一个衰败的晚唐时期，这些东西实在不能长久，诗人通过这首诗流露出的感伤意味跃然纸上。

扫码听音频

商山早行

唐·温庭筠

晨起动征铎，客行悲故乡。

鸡声茅店月，人迹板桥霜。

槲叶落山路，枳花明驿墙。

因思杜陵梦，凫雁满回塘。

〔释义〕

黎明起床，车马的铃铛叮当作响；

踏上征途，游子不禁思念故乡。

鸡声嘹亮，茅草店上残月高挂；

先行客人的足迹已印在铺满白霜的板桥上。

枯败的槲叶落满了崎岖的山路；

淡白的枳花鲜艳地开放在驿站墙边。

不由想起夜回长安的梦境，

野鸭大雁，早已挤满塘岸弯曲的湖塘。

【老梁解读】

这首诗是在描写一个游子悲哀、想家的心态，作者温庭筠写得情景交融，非常生动。

"晨起动征铎，客行悲故乡。"早早醒来，太阳还没升起，天还没完全亮，但行人已经上路了，他听到有人牵着牲口也在赶路，骡马身上的铃铛叮叮当当地响。这两句开篇写的就是早上行人要赶路的一个过程，游人在外边这么起早贪黑地奔波，无时无刻不思念家乡，所以此时的心情也很低沉。

"征铎"就是骡马身上拴的铃铛，铃铛下边是木头的就是木铎，如果是铁的就是铁铎。

"鸡声茅店月，人迹板桥霜。"鸡已经打鸣了，但天上还挂着月亮，游人从这茅店里边出来，经过桥的时候发现前面有人的脚印。为什么会有脚印呢？因为天气很凉下霜了。这就叫"莫道君行早，更有早行人"。

"槲叶落山路，枳花明驿墙。"意思是：秋天满山落叶，月亮没下去，枳树的花正开放在驿站墙边。这两句还是在写凌晨秋景。

"因思杜陵梦，凫雁满回塘。"这时候想起原来朋友相聚的美好情景，再看看现在遭的这个罪，游人心里面反差非常大，因此更觉得落寞。

其实，这首诗后四句不是很必要，因为前面四句情景交融已经把凄苦的劲头都写到了。尤其是"鸡声茅店月，人迹板桥霜"这两句已经把客行过程当中，诗人心里面所有的柔肠百结都写出来了。

"人迹板桥霜"，仔细思考其实非常形象，看到前边人的脚印，印在这个霜桥上了。因此后来有人模仿这一句做了一副非常形象的对联：犬行雪地梅花五，鸡踏霜桥竹叶三。

狗在雪地上溜达，留下的脚印是五朵梅花；鸡在下了霜的桥上走，鸡脚三叉就像三枚竹叶一样。读者闭着眼想一想，犬行雪地梅花五，鸡踏霜桥竹叶三，是不是和这句诗有异曲同工之妙？

【大红妈妈领读】

扫码听音频

赐萧瑀

唐·李世民

疾风知劲草，

板荡识诚臣。

勇夫安识义，

智者必怀仁。

〔释义〕

在狂风中才能看到哪些是强劲有力的草，
在动乱之世才能识别出哪些是忠诚之臣。
只有匹夫之勇的人怎么能懂得忠义的道理，
智勇双全的人一定胸怀仁义。

【老梁解读】

这首《赐萧瑀》是唐太宗李世民赏赐给臣子的一首诗。这首诗通篇都是赞美之词，对于所赏赐大臣来讲是至高无上的荣誉。

"疾风知劲草，板荡识诚臣。"风刮得越大，才能看出哪些草是有根基、坚韧不拔的；唯有在乱世之中，才能看得出谁是真正忠诚的臣子。

毫无疑问，这种赞美是送给自己的臣子萧瑀的。《板》和《荡》都是《诗经·大雅》里的诗篇，说的是周厉王无道时期天下混乱的景象，所以"板荡"被后世文人借指世界混乱、天下无道的状态。

"勇夫安知义，智者必怀仁。"意思是：仅仅靠武力来获得地位的人，他们不一定知道什么是忠义，但是一个有智慧的人一定心怀仁义之心，那就是一个贞良死谏的忠臣。

这个评价对萧瑀来说就更高了，所以这四句放在一起，就是唐太宗李世民称赞萧瑀有勇有谋而且极为忠诚。

萧瑀祖上是南朝望族，在南北朝时期非常有势力，他本人又是隋炀帝杨广萧皇后的弟弟，所以他本是大隋的臣子。但在隋末动乱的年代，他成了唐高祖李渊身边的一个谋臣，对李渊忠心耿耿。

后来萧瑀审时度势，在玄武门之变后，主动劝告李渊将皇位让给儿子李世民，所以李世民能够顺利登基，可以说萧瑀发挥了非常重要的作用。

　　但是由于萧瑀不是一开始就跟着李世民的谋臣，他和房玄龄、杜如晦这些谋臣不一样，和李世民的关系没有那么近，所以他们同朝为官的时候互相之间都有点儿矛盾，李世民为了化解矛盾就做了这么一首诗。

　　这首诗发表之后，房玄龄等人什么都不说了，跟萧瑀的关系也日渐和睦。所以这也促使大唐初期文臣之间保持了比较融洽的关系。

　　这有点类似于诸葛亮刚跟了刘备的时候，那时关羽、张飞不高兴，刘备就说："孤之有孔明，犹鱼之有水也！"是说有了诸葛亮，自己就像鱼碰到水一样。这样的称赞，让其他人也就没有什么话可说了。

　　所以，读者记住一点，历朝历代的政治家写诗是不同于普通诗人的，普通诗人往往多愁善感，抒发个人情感，但是政治家写诗往往都有着很鲜明的目的。

扫码听音频

望月怀远

唐·张九龄

海上生明月，天涯共此时。

情人怨遥夜，竟夕起相思。

灭烛怜光满，披衣觉露滋。

不堪盈手赠，还寝梦佳期。

〔释义〕

海上升起了一轮皎洁的月亮，
此时你我天各一方共赏明月。
多情的人哀怨夜太漫长，
彻夜难眠升起思念之情。
熄灭蜡烛，月光洒满屋内惹人怜爱，
披上衣服在月下徘徊，露水挂湿衣衫。
不能手捧月光亲手赠送给你，
倒不如回去睡觉，希望能在梦中与你相遇。

【老梁解读】

《望月怀远》的背景是这样的：诗人张九龄曾经官居宰相，但是后来受人陷害被贬到荆州，离京城、家人都很远，满月的时候，看见月亮就想起了家。

"海上生明月，天涯共此时。"这两句是千古名句，说的是：月亮就好像在大海上出生而起一样，就在这个时候，我在荆州，家人在远方，但大家都看到了这一轮明月，我们其实是处在同一个时空里的。

古人认为日和月都是在大海上生起来的，所以这个生是出生的意思，比较形象地比喻月亮从海上跳出来，就好像大海分娩一样。

这两句之所以能够成为千古名句，除了场景开阔、联想丰富以外，还有很重要的一点，明明是诗人在想念家乡的亲人，但是一个"天涯共此时"，诗人就把场景置换到家乡亲人看到月亮的时候，家人也在思念诗人。这种时空转换，增强了作者和思念亲人之间的互动，也增强了诗人和读者之间的互动。

"情人怨遥夜，竟夕起相思。"这里的"情人"不是男女之情，它是指满怀思乡之情、思念之情的人，"怨遥夜"就是埋怨这夜怎么这么长，人因为思念而睡不着觉。

这两句诗的意思是：整个晚上就想念亲人了，这一晚上睡不着，睡不着只能在屋里待着，一股股的相思不断地涌来。

"灭烛怜光满，披衣觉露滋。"意思是：诗人一看外面无比皎洁的月亮，于是就把屋里的蜡烛吹灭了，可是这个时候还是睡不着觉，干脆把衣服披上到外边走走，庭院里月光如水洒了下来，感觉身上就像被寒露打湿了一样。

"不堪盈手赠，还寝梦佳期。"意思是：这么漂亮的月光，我真想把它采下来献给远方的亲人，可是我没有办法做到，索性也不要对着月亮发愁了，还是回屋里睡觉吧，说不定能做个好梦，能够和远方的亲人在梦里相见。

这首诗虽然是在抒情，但是节奏很紧，很有画面感。诗人所有的行为都围绕着月亮一气呵成，全诗没有一个词是离开月亮的，紧扣"望月怀远"这个主题，同时也把这个"远"通过一些词汇表达得更深刻。

全诗的立意就是，家乡太远了，自己只能对着月亮做一些看起来毫无意义的举动，但实质是思念亲人。

逢入京使

唐·岑参

故园东望路漫漫，
双袖龙钟泪不干。
马上相逢无纸笔，
凭君传语报平安。

〔释义〕

向东遥望，家乡长安路途遥远，
思乡的泪，沾湿双袖，却还是止不住。
在马上与你相遇却无纸笔写字，
烦请你给我的家人报个平安。

【老梁解读】

这首《逢入京使》是岑参边塞诗里的一个小品。岑参的边塞诗往往气派很大，他作为唐代边塞诗的最高成就者，一生写下很多歌咏边塞风光、行军艰苦以及行军者胸襟博大的作品，但是这首《逢入京使》是从感情的角度，非常细腻地写了边塞人的心境，这在岑参的边塞诗里是为数不多的。

写这首诗时，岑参正在去安西都护府担任安西幕府书记的路上，在这个过程中，他碰到从西边回来去京城汇报的人，因此叫《逢入京使》。遇到入京使的时候，想家的岑参就让他给自己家里报个平安。

"故园东望路漫漫，双袖龙钟泪不干。"意思是：长安在自己身后，我已经走了很远了，离开家已千里之遥。羸弱的身子行走在恶劣的环境下，又想起了远方的家。情绪瞬间就抑制不住，鼻涕眼泪就流了下来。"龙钟"就是人步履蹒跚，身子骨弱的意思。

前面写得很凄惨，但后两句一下子把这种悲情一扫而空。"马上相逢无纸笔，凭君传语报平安。"意思是：咱们都是在马上，没有纸和笔，也来不及给家里写信，那么请你回到长安城之后，就给我家里人捎一个口信，说我很好，让家里人不要惦记我。

　　这反映了诗人这样的心思：这次既然是往西走，就是为了给国家立功，那些儿女情长的东西只能抛在脑后，功名只在马上取。因此，这一下就使个人和家国之间产生了联系，整个诗的境界就提升了一层，而不是简简单单的思乡之情，悲悲切切了。

暮江吟

唐·白居易

一道残阳铺水中，

半江瑟瑟半江红。

可怜九月初三夜，

露似真珠月似弓。

〔释义〕

夕阳的余晖洒落在江面上，

江水在夕阳的照耀下，呈现出一半碧绿一半艳红。

最惹人怜爱的是九月初三的夜晚，

滴滴清露就像粒粒珍珠，升起的一弯新月仿佛一张弯弓。

【老梁解读】

白居易这首《暮江吟》称得上是千古绝唱，因为他写得不仅场景生动，而且视觉的角度也变化多端。

这首诗写的是夕阳落山以及月亮初升时候的景色，角度是由远及近，再由近到远，一个循环往复的过程。

"一道残阳铺水中"，一道残阳说明是夕阳，铺水中就是落日余晖播撒下来的感觉，尤其是播撒在江面上，就好像夕阳的光芒是铺在水上一样。水波一动，整个落日的余晖就散了，一片一片的。

"半江瑟瑟半江红"，说明这是由远及近看到的，因为往远处看，一道残阳铺在水中，一半的江水有点青绿，一半的江水又是红的。夕阳能播撒到的地方江水自然是红的，播撒不到的地方江水就是青绿色的，所以诗人的视角是远看夕阳，近看江水。但很快夕阳就落山了，接着月亮上来了。

"可怜九月初三夜，露似真珠月似弓。"时间是九月初三，阴历的九月已经进入深秋，天气已经很冷，露水也下来了。九月初三，又赶上新月只有一点点，就像弯弓一样。"可怜"的意思是可爱，招人喜欢。这个视角是在秋天的夜晚，先远远看到天上的月亮，再过来近看脚边的露水，又是一个由远及近的转换。

从残阳到新月，从江水到露珠，诗人描绘了活脱脱的秋天傍晚时分和夜晚时分的景象，反映了诗人观察景物细致入微。如果没有细致的观察，是写不出来这种由景抒情的名篇的。

扫码听音频

菊　花

唐·元稹

秋丛绕舍似陶家，

遍绕篱边日渐斜。

不是花中偏爱菊，

此花开尽更无花。

〔释义〕

丛丛秋菊环绕着房屋，看起来好似陶渊明的家。

围绕篱笆观赏菊花，不知不觉中太阳渐渐西沉。

百花之中我并不是偏爱菊花，

只是菊花开过之后，再也看不到更好的花了。

【老梁解读】

　　古往今来，文人墨客吟咏菊花的非常多，爱菊花最出名的莫过于陶渊明。《爱莲说》里说："水陆草木之花，可爱者甚蕃。晋陶渊明独爱菊……"陶渊明喜欢菊花，所以他诗里有"采菊东篱下，悠然见南山"这样的千古名句。

　　陶渊明以菊花的清雅高洁自比，他不为五斗米折腰，"三绝诗书画，一官归去来"，不跟权贵打交道，有洁身自好的品格，而菊花就是他品格的象征。元稹这首《菊花》，其实就是在表达对陶渊明的敬意。

　　"秋丛绕舍似陶家"，意思是说秋天，一丛一丛菊花把我家环绕起来，使我的家像陶渊明的家一样。开篇就点题，向陶渊明致敬。

　　"遍绕篱边日渐斜"，意思是：菊花开满了我的篱笆四周，我欣赏菊花的时候，太阳一点点落山了。在这里，菊花和落日在诗人眼里是可以相提并论的。怎么相提并论呢？

　　"不是花中偏爱菊，此花开尽更无花。"意思是：在所有花里面，并不是我偏爱菊花，而是因为菊花开完之后没有花再开放了。也就是说，深秋的菊花是稀缺资源，它就如同落日一样。"夕阳无限好，只是近黄昏"，虽然美但没有多长时间就要落山了，落日下山之后，天地之间就没有光明了，就跟菊花开尽更无花是一样的，所以诗人在"日渐斜"的时候欣赏菊花，就等于把这两种情调统一到一块了。

　　元稹写这首诗虽然是向陶渊明致敬，但和陶渊明立意不一样，陶渊明是把菊花作为清雅高洁的代表，但元稹写菊花不仅是因为清雅高洁，同时还因为菊花开完了之后再没有花了，所以要格外珍惜这样的人、这样的事、这样的花，就是他还为"此花开尽更无花"感到惋惜。

　　所以，元稹的立意不仅站在菊花自身的立场上，而且还站在菊花欣赏者的立场上，他一生提拔了很多后进年轻人，也对一些比较耿直狷介的大臣给予了一些无私的帮助，恐怕这和他欣赏菊花，在境界上直追当年陶渊明也是有着直接关系的。

扫码听音频

赋新月

唐·缪氏子

初月如弓未上弦，

分明挂在碧霄边。

时人莫道蛾眉小，

三五团圆照满天。

〔**释义**〕

新月好像弯弓，还没有到半个圆，

清楚分明地斜挂在蓝天。

你不要以为它只像弯弯的眉毛，

等到十五的夜晚，它必定会又圆又亮，光耀天地。

【老梁解读】

这首诗的作者叫缪氏子。缪氏子，意思是一个姓缪的孩子，唐朝开元（713—741 年）时人。据说他从小聪慧能文，七岁就以神童召试，作了一首《赋新月》，从小就有大志，很得唐玄宗的赞赏。生平不详。一个七岁孩子的诗现在读起来仍然很精妙。

新月就是从阴历初一、初二到初七、初八这段时间的月亮，尤其是到了初七、初八的时候，月亮会弯成一个钩，也称为上弦月。作者七岁写初七的月亮，其实是作者借咏新月来表达自己的远大志向。

"初月如弓未上弦，分明挂在碧霄边。"就是说：初七、初八的月亮就像一张没有上弦的弓，它不是满月，甚至一半都达不到，可是它的位置非常高，那是高高挂在天上的，所以你可不要小瞧它，它的起点是很高的。

"时人莫道蛾眉小，三五团圆照满天。"意思是：你不要以为月亮小，可是到每个月十五，月亮就变圆了，到那时候，它的光辉就会布满大地。这里"蛾眉"就是眉毛，月亮是上弦月，弯弯的像人的眉毛。

作为一个男孩子，七岁就如同上弦月一样，腹有诗书气自华，孩子在认真读书，但也经常被人小瞧，可是，等到了十五岁，就可以去考试，就可以建功立业了，到那时候一定要成为国家的栋梁之材。

整首诗写得一气呵成，而且隐含着年小志气高的傲气。

　　然而有一点也需要注意，古往今来这才华冒尖儿冒得太早的孩子，后来的发展往往都不是那么理想，这可能是当他才华冒出来了，很多人格外重视他的时候，他的心态又不像成年人那样成熟，往往就在众人的注视中迷失了自己。

　　所以说，孩子的天才还是不要露得太早，因为神童往往后来"泯然众人矣"，父母应该让孩子的才气、心态与年龄相适应。

【大红妈妈领读】

扫码听音频

江楼感旧

唐·赵嘏

独上江楼思渺然，
月光如水水如天。
同来望月人何处？
风景依稀似去年。

〔释义〕

独自一人登上江边的小楼，思绪怅惘。

月光如水映彻江面，江水又像天空，空阔无边。

昔日一同赏月的人，如今你在何方？

而此处的风景还是和去年一样。

【老梁解读】

这首诗把我们带到了一个如痴如醉、似真似幻的情境当中。"独上江楼思渺然"，意思是一个人来到江边的高楼上，眺望着江景，思绪惘然。"渺然"是形容辽阔深远的样子，这里的解释就是恍兮惚兮，表达了诗人心神俱醉的感觉。

"独上江楼思渺然，月光如水水如天。"诗人为什么会"思渺然"呢？因为眼前"月光如水水如天"的美景融化了他，震撼了他。皎洁的月光从天空撒下，就像水那么晶莹透彻。月亮倒映在江水之中，整个江面都泛着莹莹白光。这就是我们在《春江花月夜》里听到的那两句，"江天一色无纤尘，皎皎空中孤月轮"。这时诗人分不清哪是月，哪是江，哪是天，哪是水。这是真真正正的情景交融，天地之间浑然一体，所以诗人当时处在心神俱醉的感觉之中。

如此美景，诗人却是一个人独享，于是想起了以前，跟友人一起观赏美景的时刻。所以后面的两句，是诗人发出的感慨，以前一起赏月的友人，哪里去了？

最后诗人给出一个结论，"风景依稀似去年"。去年，还是很多人一起来赏月，但是今天，却只剩我一个人了。眼前的风景，跟去年没有什么区别。这两句让我们联想到"年年岁岁花相似，岁岁年年人不同"。中国的古人在类似的风景面前，总会产生类似的忧愁。

其实今天的我们，也经常会处在这样的场景当中。比如，我们到了某个美丽的大自然风景区后，常常会想到，曾经跟自己一起来过的人，他们或者辞世了，或者远走了。这时，你也会从心里发出这样的感慨。因为一个人在欣赏良辰美景时，难免有些孤单。如果能与朋友或亲人一起共享良辰美景，那将是人生的一大乐事。

秋日湖上

唐·薛莹

落日五湖游，
烟波处处愁。
沈浮千古事，
谁与问东流。

〔释义〕

夕阳西下，我在太湖上泛舟游览。

烟波浩渺，使人愁肠满腹。

千百年来兴衰治乱的历史，在沉浮中远逝。

有谁会去关心那些烦冗沉寂的事情呢？

【老梁解读】

这是一首借景抒怀的诗，开始两句写太湖美景。"落日五湖游，烟波处处愁。"五湖指的就是现在江苏和浙江交界处的太湖。自古以来，太湖景色秀丽，很多文人墨客在这里游览，留下了名传千古的佳句。

"落日五湖游"，就是傍晚时分，太阳已经落山了，诗人驾着船在太湖上游览。这时候的景色与白天不同，是"烟波处处愁"。傍晚时分，烟雾笼罩着湖水，显得那么凄迷，那么迷茫。

所以诗人有感而发，"落日五湖游，烟波处处愁"。诗人愁的是什么呢？后两句是抒发他的情怀，"沈浮千古事，谁与问东流"。沈浮，即沉浮，指国家的兴亡治乱，这两句的意思是千百年来不断发生的事都随着太湖上的水面浮浮沉沉，俱随着湖水向东流去了。

　　相传春秋吴越国，越国宰相范蠡带着西施泛舟五湖，后来在太湖上隐居了。泛舟五湖的典故，也就代表了吴越春秋那段金戈铁马的历史，吴国、越国，吴王阖闾、夫差、越王勾践等这些事儿。

　　当时那些事儿轰轰烈烈，但现在看来水波不兴，大浪淘沙，已成历史。"谁与问东流"，到现在，那些历史人物都被大浪淘沙给淘汰了。

　　诗人通过细腻的情怀，来袒露当时的心态。千古以来这些英雄人物，这些历史史实，最终都将如水逝去，不会留下什么痕迹，那么现在我们争名夺利，意义何在呢？"谁与问东流"，意思是说水是固定往东流的，天上的日月星辰固定是往西去的，这是自然规律，谁也打破不了，体现了诗人略带点虚无主义的情怀。

　　但人都生活在现实世界里，谁也摆脱不了现实的束缚。所以古往今来，如果有人真的能够彻底抛弃名与利，泛舟五湖，那才是真正的看得开。老百姓有首诗说得比这个透彻，"酒色财气四堵墙，许多迷人里边藏。有人跳出迷墙外，便是长生不老方"。

【大红妈妈领读】

扫码听音频

题菊花

唐·黄巢

飒飒西风满院栽，

蕊寒香冷蝶难来。

他年我若为青帝，

报与桃花一处开。

〔**释义**〕

飒飒秋风卷地而来，满园菊花瑟瑟飘摇。

花蕊花香充满寒意，蝴蝶蜜蜂难以到来。

有朝一日，我如果当了司春之神，

一定安排菊花和桃花一起在春天盛开。

【老梁解读】

这首《题菊花》是一首怨气冲天的诗。为什么这么说呢？本诗的作者是黄巢，是唐末农民起义军的领袖，自称冲天大将军。可以说，正是他领导的农民起义，直接摧垮了当时已经摇摇欲坠的唐王朝。

隔了一千多年，我们依然能够从这首诗里感受到诗人的怨气，那种不平之气。"飒飒西风满院栽，蕊寒香冷蝶难来。"西风起的时候是秋天，秋天正是菊花开放的时候。意思就是说虽然这花很漂亮，可是季节已经冷了，蝴蝶、蜜蜂也不来了，就显得菊花特别受到冷遇。

诗人开始抱不平，"他年我若为青帝，报与桃花一处开"。中国古人春夏秋冬四季各有一个神仙管，青帝是管春天的神仙。在古代的五行配五方当中，东方的颜色是青色，四季中是春天，象征的动物是青龙，"青帝"就是管春天的神仙。

"他年我若为青帝，报与桃花一处开。"如果让我当上春天之神，我会把菊花移到春天来，让它跟桃花一块儿开。意思就是菊花比桃花还漂亮，比桃花还吸引人，到时蜂啊、蝶啊都得奔菊花而来。由此可以反映出诗人的怨气，这是咏物诗。

诗人托物言志，说自己遭到了某种不平等的待遇。黄巢是个落第秀才，处处不如意，到处碰壁，所以他对唐朝当时的社会现实和体制都很不满。他决心要打破这一切，给自己出人头地的机会。

虽然农民起义在一定程度上推动了社会的发展，但是那时的农民起义军的领袖，大多并不是心怀苍生的人，他们对社会充满不满，只希望改变自己受到的不公平待遇。黄巢就是这样的典型，他起义时没少杀人，把国家也搞得乱七八糟。所以我们看待农民起义，要结合史实，辩证地看待。

小　松

唐·杜荀鹤

自小刺头深草里，
而今渐觉出蓬蒿。
时人不识凌云木，
直待凌云始道高。

〔释义〕

松树小的时候被淹没在深草丛中，

而今才发现已经比野草高了很多。

人们当时不知道它是可以高耸入云的参天大树，

一直等到高耸入云，才说它实在是高。

【老梁解读】

杜荀鹤这首《小松》是一首咏物诗。唐诗里的咏物诗，大致都是通过写某一个事物来抒发情怀，也就是说借物言志。这首诗也是样，他写的是松树苗。

小松树最开始比较硬，跟那些杂草差不多高，所以第一句就是"自小刺头深草里"，意思就是，松树苗刚长成，在草丛中没着，可是它比一般杂草要硬得多。"而今渐觉出蓬蒿"，意思就是后来才一点点感觉到它比那些草长得高，因为它本身比较硬，很容易在这些比较软的草当中突出来。

接着诗人开始慨叹，"时人不识凌云木，直待凌云始道高"。意思就是说普通人不认识会长成参天大树的好苗子，只有等到它变成了参天大树了才会说："哎呀，真高啊！"

其实我们在生活中也经常会这样。有时遇到了某个天才，但你不认识。你觉得他跟普通人也没什么两样，但等到这个天才脱颖而出了，你才感慨说自己当初怎么没看出来呢。

我觉得，这首诗说的情况在以前的应试教育中很常见。在我们过去传统的应试教育里，老师比较喜欢听话的学生，假如某个学生听话，学习好，考高分，老师就喜欢他。但通常有天赋的学生，一开始他是有个性的，因为他有自己的独特思维。可这时，老师往往认为这样的学生是个刺头，认为这样的学生并不优秀。等到后来，这样的学生通过自身努力，或者其他的机遇，将天赋表现出来后，我们的教育工作者才感慨道，原来培养天才和培养普通人才是不一样的。

钱学森先生去世时问，中国的教育为什么培养不出大师？因为我们的教育往往是普遍型的教育，我们的教育是希望学生听话，希望学生顺从。在这样的环境，想培养天才很难。而天才从小表现出的特征，可能和平常人就不大一样，这需要高人一等的伯乐独具慧眼，悉心培养，才能让他长成参天大树。所以在教育过程当中，我们要及早地认知和发现这样的天才。

【大红妈妈领读】

扫码听音频

送杜少府之任蜀州

唐·王勃

城阙辅三秦，风烟望五津。

与君离别意，同是宦游人。

海内存知己，天涯若比邻。

无为在歧路，儿女共沾巾。

〔释义〕

巍巍长安城，雄踞三秦之地，

在风烟迷茫之中，遥望蜀州。

和你离别心中思绪万千，

因为你我同在宦海中浮沉。

只要在世间还有你这个知己，

即使远隔天涯也仿佛近在比邻。

所以不要在分手的路口，

儿女情长，泪洒衣裳。

【老梁解读】

　　这是首著名的送别诗，作者是王勃。初唐时期，王勃的才气名满天下。王勃和杨炯、卢照邻、骆宾王合称"初唐四杰"。所谓《送杜少府之任蜀州》，杜少府是他的朋友，蜀州就是现在四川一带。我们知道，"蜀道难，难于上青天"。杜少府原本在长安，被派到蜀州，其实是被贬到苦寒之地。好朋友在仕途上受到一些挫折，王勃送他的时候，写了这首诗。诗中一方面表达了依依惜别之情，另一方面是想激励一下朋友，让他不要就此消沉下去。

　　"城阙辅三秦，风烟望五津。"就是说都城长安地处陕西的核心地带，周围是三秦。三秦指长安城附近的关中之地。秦朝末年，项羽破秦，把这个地方一分为三，所以后人称之为"三秦"。点明了杜少府原来在长安工作。"风烟望五津"，风烟指苍茫、渺茫，表示行为的处所。五津是指现在四川岷江的五个渡口，合称五津。津是渡口的意思，像天津这地名，就是天子登船的渡口。现在一下给你贬到四川那个也不知道前景怎样的地方，应该说这不是好事。

　　"与君离别意，同是宦游人。"意思是我今天和你告别，我们都因为做官漂泊在外，不能在家乡，可以说同是天涯沦落人。接下来两句是千古名句，"海内存知己，天涯若比邻"。虽然我们离得很远，但只要心气相通，是知己，那么即使在天涯海角，也像是邻居一样。

　　最后两句把这意境格调一下拔高了，"无为在歧路，儿女共沾巾"。意思是我们要各奔东西了，不要儿女情长，在这儿哭泣，何必呢？我们随时都能心气相通，何必效仿那些英雄气短、儿女情长的人呢？所以不用伤心，我们还会有见面的机会，即使不见面，我们在这个世界上还是彼此的知己，这是人生一大幸事。人生得一知己足矣。

这首送别诗壮怀激烈，是送别诗里的经典作品。

扫码听音频

过三闾庙

唐·戴叔伦

沅湘流不尽，
屈子怨何深。
日暮秋风起，
萧萧枫树林。

〔释义〕

沅水湘江浩荡无尽，

屈原的悲愤似水一般深沉。

日落黄昏，秋风阵阵，

枫树丛林，落叶萧萧。

【老梁解读】

屈原曾经做过三闾大夫，所以三闾庙就是屈原的庙。诗人戴叔伦在三闾庙上题了此诗，是在替屈原发泄一下千古以来积攒的怨气，所以这首诗开始两句写道，"沅湘流不尽，屈子怨何深"。

沅江和湘江，是湖南境内的两条大河流，浩浩荡荡地流不尽。这么两条大江都流不尽屈原的哀怨之情，为什么？因为屈原报国而不得，被流放到外地，一腔的报国心愿和才情，却没有地方可以施展，最后反而被楚王误解，投江而死，所以屈原是有深深的怨气的。

最后两句"日暮秋风起，萧萧枫树林"。诗人挪用了屈原文章中的意境。屈原在《九歌》《九章》里不止一次地提到了秋风和枫树。这个场景是为了烘托屈原的死，天地为之悲痛，这样的忠臣，最后竟然落得这样的结局，让天地都为之动容，为之抱不平，所以"日暮秋风起，萧萧枫树林"。

在文人眼里，屈原是一个悲情但值得敬仰的人物。对中国古代的统治者来说，古代文人的存在到底有什么意义呢？我认为可以把中国古代文人分为以下三种类型：帮凶、帮闲和帮忙。

什么是帮凶？像秦桧，他文采很高，宋体字是他发明的，很有文化，但是他帮助皇上干坏事，把岳飞杀死了，偏安一隅，没什么出息，所以这种文人叫帮凶。帮闲就是在太平盛世心甘情愿做个花瓶，成为皇帝的宠物，我给你歌颂太平盛世，你给我功名利禄，像司马相如。他专门唱赞歌，写一些这个赋、那个赋。帮忙就是在乱世之秋，以复兴天下为己任。

但是无论是哪种文人，最终都逃脱不了成为帝王宠物的命运。屈原把一腔热血都寄托在楚王身上，他也逃不脱这样的下场，哪怕得到了功名利禄，也难免"狡兔死，走狗烹。飞鸟尽，良弓藏。敌国破，谋臣亡"。这是无法改变的。

【大红妈妈领读】

扫码听音频

题花山寺壁

宋·苏舜钦

寺里山因花得名，
繁英不见草纵横。
栽培剪伐须勤力，
花易凋零草易生。

〔释义〕

花山寺是因繁花缤纷而得名，

慕名前来，却不见花团锦簇，尽是杂草丛生。

种花需要精心修剪护养，野草应勤于拔除。

毕竟花朵容易凋零，而杂草却很容易滋生。

【老梁解读】

这是一首题在花山寺墙壁上的诗，这首诗看起来是写，对花朵平常要下大力气去栽培，否则就容易被杂草湮没。但实质上诗人是要通过这样一种现象，来讽刺当时朝政的一些弊端，如小人得志、人才凋零。

"寺里山因花得名，繁英不见草纵横。"这是诗人来到花山寺的感慨，这个地方为什么叫花山寺呢？是因为山上和山下都是漂亮的花朵，才叫花山寺，但是现在"繁英不见草纵横"，那些漂亮的花看不到，反而是杂草丛生。说明管理这个寺庙的人没有尽到责任，所以诗人由衷地感慨道："栽培剪伐须勤力，花易凋零草易生。"这是劝勉管理寺庙的人，让他平常无论是栽培还是修剪、灌溉，都要认真负责，因为鲜花很容易凋零，草很容易生长。

诗人在这里用鲜花比喻的是人才，用杂草比喻的是小人。其实古往今来莫不如此，任何机构里，都存在着人才和小人之间的矛盾，人才不容易得，小人却容易得，人才不好用但是管用，小人不管用但是好用。那么作为一个领导者，你就要平衡好这两者的关系。

通常人才都有个性，不像小人那么听话，但是你不能根据自己的好恶，谁听自己的就宠信谁。这样将会导致你的事业难有所成，因为任何一桩事业都需要适量的人才、精英的投入。

怎样才是重视人才呢？你要考虑人才的需求，人才的生存环境，要给他努力创造一个发挥才智的非常适宜的工作环境。尤其是当小人苦心钻营的时候，要能够让人才在这种环境下不被遏制，对小人要有约束，你不能专门约束人才，那很容易最后把人才都变成小人。

所以这是诗人对当时朝政的不良弊端，巧妙地借助这首诗给予的一次讽喻。

扫码听音频

秋夜将晓出篱门迎凉有感
二首·其二

宋·陆游

三万里河东入海，

五千仞岳上摩天。

遗民泪尽胡尘里，

南望王师又一年。

〔释义〕

万里黄河滚滚东流，奔腾入海，

五千仞高的华山耸入云霄。

中原人民在胡人的暴政下眼泪已经流干，

他们眺望南方，盼望宋朝军队北伐，等了一年又一年。

【老梁解读】

　　这首诗在陆游的诸多爱国诗篇中显得格外悲壮，而且气派非常宏大。"三万里河东入海，五千仞岳上摩天。"这里"河"指的是黄河，"三万里"是夸张的手法，"岳"指的是西岳华山，"五千仞"也是夸张。"仞"是一个计量单位，一般指八尺，有时候也指七尺。"五千仞岳上摩天"，指的是华山之高直插云霄。作者在这里引发讨论：如此雄伟壮观的黄河、华山在谁手里呢？在敌人的手里，这是不是耻辱？

　　"遗民泪尽胡尘里"，这里"遗民"是指被抛弃了的老百姓，在沦亡的国土上成了亡国奴。"胡尘"指的是金国人的铁骑从这里来回扬起的灰尘。这一句的意思是：沦亡地区的老百姓都在胡尘当中哭泣。

　　"南望王师又一年"，往南看大宋朝廷，王者之师什么时候才能打过来把我们解救？可是看了一年又一年，也没见军队来，什么时候才有个盼头？

　　从文字中可以看出，写这首诗的时候，陆游是怀着非常绝望的心情的。美好的河山落入异族手里，而他又无能为力，眼看着同胞当亡国奴，施不上援手，眼睁睁看他们在痛苦当中一年又一年地这么轮回。

　　读者可能会觉得陆游是个文人，不会打仗，他想的这些都是空想。其实并不是，陆游本身能打仗，而且他有过一段时间的军旅生涯，在大散关一带跟金人对抗，但是由于宋朝的不抵抗政策，后来陆游就再没有机会上战场了。

　　陆游有另外一首诗值得读者记住："早岁那知世事艰，中原北望气如山。楼船夜雪瓜洲渡，铁马秋风大散关。塞上长城空自许，镜中衰鬓已先斑。出师一表真名世，千载谁堪伯仲间。" 从这首诗能看出，陆游有过一段军旅生涯。

扫码听音频

菩萨蛮·书江西造口壁

宋·辛弃疾

郁孤台下清江水，中间多少行人泪？

西北望长安，可怜无数山。

青山遮不住，毕竟东流去。

江晚正愁余，山深闻鹧鸪。

〔释义〕

郁孤台下的赣江水，这水里有多少行人的眼泪？

我眺望西北的长安，可惜只能看到无数座山。

但青山无法阻挡江水，毕竟它还会向东奔腾而去。

江边日晚正使我感到忧愁，又听到深山里传来鹧鸪的鸣叫声。

【老梁解读】

　　这首《菩萨蛮》是南宋豪放派词人辛弃疾的一首著名的词，《菩萨蛮》是词牌名。辛弃疾一生很不顺，他力主抗金，一直坚持北伐中原，但是在南宋投降派和皇帝主和的情况下，辛弃疾的主见没有人赞同，所以他在当权者面前郁郁不得志，这首词就反映了他北伐无望的愁苦心情。

　　"郁孤台下清江水，中间多少行人泪？"郁孤大致在江西赣州，辛弃疾到了这个地方，从郁孤台上往下看到江水，由此发出感慨。在这条清江当中，有多少从北方来的人，流离失所成了亡国奴，看到这清江水，掉了多少眼泪。

　　这里"行人"指的是因为金国入侵，北方人南渡到南方，很多年都回不去故乡。

　　"西北望长安，可怜无数山。"往西北方向看，我们老祖宗原来的地盘现在已经沦陷到夷族手里了。我们想要回去，中间有无数道山挡着我们，路途遥远，心情黯淡。

　　但作者不甘心，只因为这么艰难困苦的环境，就不去追求自己北伐的理想了吗？所以他又说"青山遮不住，毕竟东流去"。意思是：别看这江水被一道道山拦着，但江水始终东流，我北伐中原的心气也从来没有停歇间断过。

　　可是，词人又知道这中间很难。"江晚正愁余，山深闻鹧鸪。"意思是：天气晚了，本来心情就很不好，在深山里边又听到了鹧鸪叫，鹧鸪叫得很凄惨，心中就更加难受。

鹧鸪的叫声，很多人把它形象化，就是"行不得也哥哥"，意思是就别往前走了，再往前走死路一条。也就是说辛弃疾知道自己北伐的愿望在当时腐败软弱的南宋权贵掌权的情况下实现不了，如果真的要去尝试，前面也可能是死路一条。在这种情况下，词人把自己"九死犹未悔""虽千万人吾往矣""明知不可为而为之"的心态都表露出来了。

通过这一阕词，辛弃疾把自己的心气完全灌注到其中，尤其是"明知不可为而为之"的豪情，更让这阕词显得无比悲壮。

江 上

宋·王安石

江水漾西风，
江花脱晚红。
离情被横笛，
吹过乱山东。

〔释义〕

江面上吹过一阵秋风，

江岸上的落花在夕阳下纷纷飘落。

离别之情伴着远去的笛声被风吹送，

随着秋风吹到乱山的东面。

【老梁解读】

《江上》是一首很典型的送别诗，在中国古诗里，一提到送别，往往就和秋风联系到一块，所以你看这首诗的场景，就是江上秋风四起，诗人离开家，在船上心里头非常烦闷、伤感。这首诗把离愁别绪几乎写到了极致。

"江水漾西风"，这里面有三层意思，这个"漾"字用得非常好。第一层意思是秋风从江上吹过，一阵又一阵，这是"漾"。然后把水波吹得很荡漾，这是第二层意思。第三层意思是风吹得很零乱，水波荡漾得也很零乱，反映了诗人情绪不稳定。所以"江水漾西风"，不光是指江上、江中，还指诗人的内心。

"江花脱晚红"，夕照之下，江畔落英缤纷，这个场景也映衬了秋天里人心绪的不平静。诗人在开头就马上把大家带到了一个愁绪四起的悲秋时分。

"离情被横笛，吹过乱山东"是全篇的升华，我们注意这里头"被"字是遮盖、遮掩的意思，"离情被横笛"，意思是说离愁别恨被笛声给遮掩住了，诗人心里头有很多愁绪，但这时传来横笛的声音，把这些愁绪盖住了。"吹过乱山东"，诗人的愁绪和笛子美妙的音乐，都吹到乱山的东面去了。什么意思？那里是诗人的老家，诗人不想走，想念自己的家乡。

很多人都知道，"长亭外、古道边，芳草碧连天，晚风拂柳笛声残，夕阳山外山"是送别的名场景。送别的时候一定有风、有笛声，比如"走在乡间的小路上……任思绪在晚风中飞扬……牧童的歌声在荡漾",其实描摹的场景就是中国古诗词的白话版。所以,有时候听一首很好听的借景抒情的歌曲,你往往能够从中国古诗词当中找到它的根。

【大红妈妈领读】

扫码听音频

题西林壁

宋·苏轼

横看成岭侧成峰，
远近高低各不同。
不识庐山真面目，
只缘身在此山中。

〔释义〕

从正面看它是连绵的山岭，从侧面看则是陡峭的险峰。

从远处、近处、高处、低处看，它都呈现出不同的样子。

我之所以认不清庐山的真实面目，

是因为我身处在庐山之中。

【老梁解读】

　　这首《题西林壁》充满着人生哲理。"西林"是指庐山的西林寺，苏东坡到庐山游玩，在西林寺的墙上写了这首诗。

　　"横看成岭侧成峰，远近高低各不同。"庐山一座座山峰，横着看就像一道道山岭一样，但是侧着看却是一座座奇峻的山峰，而且远近高低各不同，不同角度看它不一样。

　　"不识庐山真面目，只缘身在此山中。"为什么在不同角度看到的不一样？那是因为人就在庐山里边，没有看到庐山的全貌。如果人在庐山外面看，掌握全局，一下子就看懂了。

　　所以"不识庐山真面目，只缘身在此山中"经常被后人比作"旁观者清，当局者迷"，有着深刻的人生哲理思考。

　　为什么苏东坡的诗里会出现这样的诗句呢？在宋诗里，诗里面思辨的东西很多，这是因为唐代"有情治天下"，宋代"有理治天下"。唐代是很豪放的一个朝代，但经过五代十国的大乱，到了北宋时期天下大治，很多人开始在情感领域之内有所收缩，开始着眼于人生的一些思考，所以宋代产生了很多理论家，如朱熹、程氏兄弟、邵康节。而且宋代封建社会的礼法约束开始占据社会主流，宋代在社会伦理方面，尤其是理论高度层面，都要比唐代高很多。诗人作为知识分子，是社会思想的主要传播者，也要长于思考，因此宋朝的诗里就加了很多论理的成分，加了很多思辨的成分。

还有一点，经过隋唐两代佛教的传播，包括道教的推广，到了宋朝，知识分子往往"非佛即道"，总是要带点讥讽，要有点儿禅机，这些思想反映在诗词里，自然会带来一些智慧的提升。

因此，苏东坡的诗里经常令出现现在仍能够拿起来当作人生格言警句的诗句，《题西林壁》就是一个见景生情、由情入理的经典作品。

【大红妈妈领读】

扫码听音频

秋　思

唐·张籍

洛阳城里见秋风，
欲作家书意万重。
复恐匆匆说不尽，
行人临发又开封。

〔释义〕

洛阳城里又吹起了萧瑟的秋风，

想写封家书却又思绪万千。

信写好了，又担心匆忙中没有把自己想要说的话写完，

捎信人要出发时，又拆开了信封。

【老梁解读】

作者张籍在洛阳做官，很长时间没有跟家人通信了，正好有人来送信，于是他提笔写了一封信托这人捎回家去，这首诗里反映的就是这样一件事情。但因为情真意切，尤其是细节描写得很精彩，让本诗成了千古名篇。

"洛阳城里见秋风，欲作家书意万重。"就是说在洛阳城里起了秋风了，秋风一起，人就容易想家，诗人就想象着故乡现在是什么样子，正好这个时候有人能给家里捎封书信，于是诗人就开始写，可是写的时候千头万绪涌上心头，又想说这个又想说那个，还有很多事情要托付，想写的事情多得写都写不完了。

"意万重"，就是想要表达的感情、要托付的事情很多。

"复恐匆匆说不尽，行人临发又开封"，又害怕因为时间太着急，自己的意思没表达完，于是把捎信的人叫回来，把封好的信打开又继续写。

这说明诗人已经离家很长时间，担心家里面的大事小情，总体上是一种思乡心切的情感。尤其是行人临发又开封的细节，更加显得情深意切，想家让作者这样一个大丈夫都变得有点婆婆妈妈，非常生动地体现了作者的心态。

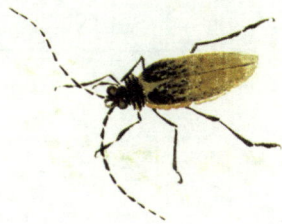

图书在版编目（CIP）数据

老梁讲古诗词．秋卷 / 梁宏达，大红妈妈著．—北京：台海出版社，2018.9

ISBN 978-7-5168-2065-0

Ⅰ．①老… Ⅱ．①梁… ②大… Ⅲ．①古典诗歌—诗歌欣赏—中国 Ⅳ．① I207.2

中国版本图书馆 CIP 数据核字（2018）第 190295 号

老梁讲古诗词·秋卷

著　　者：梁宏达　大红妈妈

责任编辑：戴　晨　曹任云　　　装帧设计：仙　境
版式设计：马宇飞　　　　　　　责任印制：蔡　旭

出版发行：台海出版社
地　　址：北京市东城区景山东街 20 号　　邮政编码：100009
电　　话：010-64041652（发行，邮购）
传　　真：010-84045799（总编室）
网　　址：www.taimeng.org.cn/thcbs/default.htm
E-mail：thcbs@126.com

经　　销：全国各地新华书店
印　　刷：玉田县昊达印刷有限公司
本书如有破损、缺页、装订错误，请与本社联系调换

开　　本：880mm×1230mm　　　1/24
字　　数：110 千字　　　印　　张：7
版　　次：2019 年 2 月第 1 版　　印　　次：2019 年 2 月第 1 次印刷
书　　号：ISBN 978-7-5168-2065-0

定　　价：168.00 元（全四册）

老梁讲古诗词

梁宏达　大红妈妈　著

冬·卷

台海出版社

目录 | CONTENTS

【大红妈妈领读】

扫码听音频

江 雪

唐·柳宗元

千山鸟飞绝，
万径人踪灭。
孤舟蓑笠翁，
独钓寒江雪。

〔释义〕

千山万岭中飞鸟都没有了踪迹，

纵横交错的田间小路上，看不见行人的踪影。

孤零零的小船上，有一个披着蓑衣、戴着斗笠的渔翁，

独自一人在寒冷的江面上冒雪垂钓。

【老梁解读】

柳宗元这首诗被后世很多画家取材造景，是中国山水绘画非常好的素材。因为整首诗读下来，会带给读者身临其境的感觉。

"千山鸟飞绝，万径人踪灭。"写的是大雪天非常寒冷，整个山上鸟都没有了，道路上看不见人，可是唯一的人在哪儿呢？"孤舟蓑笠翁，独钓寒江雪。"就只有这么一个老人，在江上顶着寒气在钓鱼。所谓诗中有画、画中有诗。

柳宗元的这首诗其实是反映了他不甘于随波逐流，坚持自己理想的一种心态。

"千山鸟飞绝，万径人踪灭。"说的是柳宗元在参与朝廷改革的过程中遇到挫折，在他的世界里，就像"千山鸟飞绝，万径人踪灭"一样没有人愿意理他，可是"孤舟蓑笠翁，独钓寒江雪"，他仍不改自己的初衷。所以柳宗元是在这样的心情下，写出这么一首绝句的。

有的读者把它解读为这个"蓑笠翁"很可怜，大冷天还要出来，是被剥削阶级。这种解读是片面的，封建社会里分配不公，劳动人民"蓑笠翁"要顶着风雪在江上垂钓是确有其事的，但是不应该这样解读。

有的后人解读得就比较准确，在元杂剧里边有这么一段词："六月炉边炼铁，数九江上渔翁。非是不知寒暑，生涯落在其中。"意思是：六月是最热的天，有人在炉旁打铁；数九寒冬在江上钓鱼，就是这孤舟蓑笠翁。不是他们不知道冷热、

不知寒暑，而是生涯落在其中，为了生活他们得这么做。其实这种解释更加人性化，人生在世谁不辛苦呢，哪个人不是为了生计奔波呢？哪有人特别愿意干的事呢？

　　所以这首诗如果按这个角度解释，可能柳宗元是在慨叹，人生在世本身也就是一个修行的过程，要通过吃苦遭罪，来获得生活的资本。对任何人来说，都只能说是无可奈何的历练。

逢雪宿芙蓉山主人

唐·刘长卿

日暮苍山远，
天寒白屋贫。
柴门闻犬吠，
风雪夜归人。

〔释义〕

黄昏时分，青山在暮色中影影绰绰，显得很远。

天寒地冻，简陋的茅草屋更显得清贫。

忽然听到柴门外传来一阵阵狗叫声，

风雪交加的夜晚，来了我这个投宿的人。

【老梁解读】

　　这首诗的作者刘长卿生活在大唐天宝年间，他的仕途很不顺，早年多次遭贬，后来又赶上"安史之乱"，所以他的大半生处在东跑西颠、颠沛流离当中。而这首诗，反映了他在颠沛流离的过程当中，心情的凄苦和处境的艰辛。

　　"日暮苍山远，天寒白屋贫。"意思是：天一点点黑了下来，远处的山青黢黢的，看着遥不可及，自己晚上住哪里呢？于是急急忙忙投奔朋友的家，朋友家所在的地方在山脚下，是一间简陋的茅草屋，遇到今天天气寒冷，于是更显得清贫。

　　古代，穷人住的房子用茅草遮盖住顶棚，茅草到冬季之后就有点发白，整个屋子看起来像白色的一样，于是被称为"白屋"。这说明是个穷人家，而"贫"字更进一步点明了，作者的朋友过得不宽裕。寒、白、贫，这仨字就直接说明他投靠的这户人家的状况。

　　作者的朋友叫芙蓉山主人，从这几个字就能知道是位风雅之士，但是风雅之士在那个年代过得很贫穷，和刘长卿可谓是"同是天涯沦落人"。

　　"柴门闻犬吠"，柴门就是用柴草树枝搭的门，进一步说明了朋友的生活处境。"风雪夜归人"，最后这五个字是点题的。风雪之夜，孤零零在荒郊野外，急需一个地方住，有一个朋友可以依靠，所以能够看出主人公非常急迫的心情。天已经冷成这样了，得找一个相对温暖的地方，尽管朋友家条件很差，但是跟自己心心相通，所以这个时候依然像回到家里一般温暖。

那么温暖到什么程度呢？诗人没写，这是非常高明的地方。读者可以想象后面的情景，进到屋里边，虽然很清苦，但毕竟比外面要温暖一些，而且和朋友心气相通，两个人完全可以秉烛夜谈。外边满天的风雪，屋里两个人说着话，在这个非常凄苦的世界里边，能寻求到短暂的温暖，这在当时这些文人雅士心里边，已经是很好的归宿了。

所以，与其说本诗是风雪的实写，不如说是在乱世当中寻求心灵归宿的追求。所以这首诗是把情、景融合得非常好的一首力作。

【大红妈妈领读】

扫码听音频

望 岳

唐·杜甫

岱宗夫如何？齐鲁青未了。

造化钟神秀，阴阳割昏晓。

荡胸生曾云，决眦入归鸟。

会当凌绝顶，一览众山小。

〔释义〕

泰山到底有多雄伟？走出齐鲁，依然可见那苍翠的山色。

大自然汇聚了千种美景，山南山北分隔出清晨和黄昏。

望层层云气升腾，令人胸怀荡涤；

看归鸟回旋入山，使人眼眶欲碎。

有朝一日，定要登上泰山顶峰，俯瞰周围矮小的群山。

【老梁解读】

这首《望岳》是杜甫留下来的年代最早的一首诗。杜甫二十四岁时，开始云游天下，首先选择了山东，来到了泰山。

作者开篇就有很大的气势，"岱宗夫如何？齐鲁青未了"。"岱宗"，是指泰山，因为在五岳之中泰山居首，所以称为岱宗。有人说天下名山很多，为什么五岳偏是东岳泰山、西岳华山、南岳衡山、北岳恒山、中岳嵩山呢？因为五岳是帝王封禅的地方，这是古代帝王的最高大典，而且只有改朝换代、江山易主，或者在久乱之后，回归天下太平，才可以封禅天地，向天地报告重整乾坤的伟大功业，同时表示接受天命而治理人世。哪座名山有这样的待遇，才能称之为岳，否则再有名，也只能是山。比如黄山，景色也不错，但它不在五岳之列。

"岱宗夫如何？"意思是都说泰山是五岳之首，到底怎么样呢？今天我来看看。"齐鲁青未了"，一看这泰山太大了，跨越齐国、鲁国，"青未了"，山势青苍，还没有完呢。一句话就写出泰山特别大。

"造化钟神秀"，意思是说，老天爷好像钟情于泰山，把所有的好东西都给了它。"阴阳割昏晓"，山之南为阳，山之北为阴，意思是泰山非常高大，山南是阳光明媚的白天，但山北就像阴天或者晚间一样。相当于它能起到阴阳转化的作用，把白天晚上给分开。

"荡胸生曾云"，意思是山顶上的云彩非常多，一下子使心胸变得开阔起来。

"决眦入归鸟"，眦是指眼边、眼眶，意思是睁大眼睛往前看，还能看到一些归鸟还林。形容在山上眼界很开阔，能看到的风景非常多。

最后一句是点题的，"会当凌绝顶，一览众山小"。意思是只有登到泰山的山顶，才能看到其他山是多么渺小。它说明了我们要站得高才能看得远。你想获得开阔的眼界，想看到别人看不到的地方，就必须登上别人难以登上的高度，吃别人吃不了的苦。这也是杜甫对自己经过一番跋涉，来到泰山顶上，非常自得的心情体现。

绝　句

唐·杜甫

两个黄鹂鸣翠柳，一行白鹭上青天。

窗含西岭千秋雪，门泊东吴万里船。

〔释义〕

两只黄鹂在翠绿的柳枝上婉转地鸣唱，

一队整齐的白鹭直冲向蔚蓝的天空。

窗口可以看见西岭千年不化的积雪，

门前停泊着从东吴不远万里开来的船只。

【老梁解读】

这首七绝的文采是一流的。"黄鹂""白鹭","翠柳""青天","西岭""东吴","千秋雪""万里船",对仗特别工稳,整篇诗文如行云流水一般,读着非常痛快。这首诗由于本身画面感非常强,所以后世关于它的传说特别多,其中有一个很有意思的故事。

有一个穷书生,日子过得很惨,朋友到他家做客没什么食物可以招待的,更没有钱买酒买肉,厨房就剩下一根葱、一块豆腐、俩鸡蛋。

这个书生很聪明,于是动了动脑筋说:"我能给你弄出一桌不错的宴席来。"他朋友不信,说:"你家里这么穷,怎么能弄到宴席呢?"

结果穷书生还真做到了。他先是把这两个鸡蛋给煎了一下,然后把这两个煎蛋的蛋黄拿出来,周围撒上一圈葱花:"瞧,这是第一道菜,叫'两个黄鹂鸣翠柳'。"

第二道菜把煎的蛋清剁成细长条,然后周围也撒一圈葱花:"看,这个叫'一行白鹭上青天'。"

第三道菜把豆腐拍碎了,弄成鸡刨豆腐一样,说:"这叫'窗含西岭千秋雪'。"

最后他又做了蛋花汤,然后把那两个蛋壳拿过来,搁到蛋花汤上漂着:"你瞧见这个没有,这叫'门泊东吴万里船'。"

"两个黄鹂鸣翠柳，一行白鹭上青天。窗含西岭千秋雪，门泊东吴万里船。"

这首诗一点儿没浪费，他全用上了。

【大红妈妈领读】

扫码听音频

回乡偶书二首·其一

唐·贺知章

少小离家老大回，

乡音无改鬓毛衰。

儿童相见不相识，

笑问客从何处来。

〔释义〕

年少的时候离开家乡，到了年老才回来。

家乡的口音一点儿没变，但两鬓的头发早已疏落。

儿时的玩伴们见到我都不认识，

笑着询问：客人，你是从什么地方来的呀？

【老梁解读】

　　这首《回乡偶书》是贺知章退休以后回到老家写的，这时贺知章已经有八十多岁了。贺知章是越州（今绍兴）永兴人，也就是现在的浙江省杭州市萧山区。

　　贺知章三十七岁才中进士，后来就在朝为官，到八十多岁才退休，终于回到了老家。中国古代官员退休叫致仕，他当时在长安工作，也就是现在的陕西西安，老家在杭州萧山，中间的路途是非常遥远的。

　　贺知章人缘非常好，非常有声望，皇上需要利用他的声望来达成自己的一些政治目的，所以一直不肯放他走。他三十七岁离开家，八十多岁才回来，这首《回乡偶书》就是在回到老家之后，对家乡变化这么大，发自肺腑的一种慨叹。

　　诗里面有两句话引起了一些歧义，就是后边两句"儿童相见不相识，笑问客从何处来"。仔细一想，这是有问题的。"儿童相见不相识"，那个"儿童"跟他年龄差距那么大，本来就不应该认识。因为他打离开家之后再没回来过，后辈怎么可能认识他呢？本就不相识，所以"笑问客从何处来"就更谈不上了。

　　因此这个"儿童"应该不是他的晚辈，而是指贺知章当年的玩伴，就是跟他一块长起来的发小儿。

　　当年他们在萧山一块玩起来的，八九岁、十来岁，甚至二十多岁还在一起玩。后来贺知章走了，三十多岁时走的，四十多年过去了才回来。当年的玩伴再见到他，大家都八十多岁了，容颜已经改变很多，当然不认识他了。但是他会记着玩伴是什么样，一看是老家的人，当然他就想起是谁了，可是对方已经不认识他了，张口便问："你是哪儿来的？"把他当成了客人，因此引发了贺知章的感慨。

当然，这还说明，远在唐代，浙江地区的生活条件就不错，贺知章八十多岁回老家，在老家生活的玩伴还依然活着，也就是说八十多岁的人还不少，这说明萧山这地方的人都很富足，长寿。

别董大二首·其一

唐·高适

千里黄云白日曛，
北风吹雁雪纷纷。
莫愁前路无知己，
天下谁人不识君？

〔释义〕

黄昏的落日使千里浮云变得暗黄。

北风呼啸，雪花纷纷落下，吹着一群飞雁从空中掠过，

不要担心前路茫茫没有知己，

普天之下哪个人不知道您呢？

【老梁解读】

唐代的送别诗基本上是两类，一种像王维的《送元二使安西》，显得凄然怆然；另外一种像岑参的《白雪歌送武判官归京》，气派非常宏大，情调很豪迈。但这首《别董大》很独特，它用的是先抑后扬的写法。

头两句"千里黄云白日曛，北风吹雁雪纷纷"，说的是北方天气总是风沙天，弄得这云彩都跟黄的似的，被沙子裹着。刮起北风来很冷，空中大雁被吹得东倒西歪，这个时候下雪，就更显得苍凉、压抑。但是后两句陡然间一转："莫愁前路无知己，天下谁人不识君？"意思是，友人不要发愁将来没有对你好的朋友、知音，因为你的名气大、能耐大，天底下的人基本都知道你。这就是现在常说的，道路是曲折的，前途是光明的。整个诗的意境由此突然升格了，就变得扩大了。

董大叫董庭兰，因为他在家里排行老大，所以诗人很亲热地管他叫董大。这人是唐代有名的音乐家、琴师，曾经在皇宫里面给皇帝演奏，后来离开京城云游天下。

为什么说"莫愁前路无知己，天下谁人不识君"呢？因为董大的操琴技术是第一流的。董大操的是七弦古琴，现在很多朋友往往把古琴跟古筝弄混了。古筝一般是二十一根弦，古琴是七根弦，而且古琴声调没有古筝那么高，但是它的韵味更深远。

古琴的历史很久远，相传是尧舜禹时期尧造了古琴，舜把古琴定为五根弦。

到周文王时加了一根弦，到周武王时又加了一根弦，所以古琴最终定为七根弦，后人也管古琴叫七弦琴。古琴在中国古代的琴棋书画里占有一席之地。

董大弹得一手好琴，天下的高雅之士大半都知道董大的名头。所以不管走到哪儿，见到同道中人一提董大都知道，董大知己遍天下，不愁无知音。所以诗人劝慰他不要为眼前的挫折感到伤感，将来一定是美好的。

这首送别诗从压抑开始到放开结束，它的意境和其他的送别诗不一样，也因为它的独特，在唐诗里千古留名。

扫码听音频

枫桥夜泊

唐·张继

月落乌啼霜满天，

江枫渔火对愁眠。

姑苏城外寒山寺，

夜半钟声到客船。

〔释义〕

月亮已落，乌鸦啼叫，寒气弥漫，

面对着江边枫树和渔船上的灯火，忧愁难眠。

姑苏城外那寂寞清静的寒山古寺，

半夜里敲钟的声音传到了客船里。

【老梁解读】

《枫桥夜泊》的作者张继，是唐玄宗时候的进士，但在考了进士之后一年就遇上了"安史之乱"，张继和很多文臣一样出逃避难，这首流传千古的诗就是张继在南方出逃的时候写的。

这首诗通篇读起来都给人愁绪、苦闷、压抑的感觉。可是如果把这首诗的二十八个字拆一遍，写情绪的就一个愁字。剩下的全是具体的东西，但是组合到一块，让所有读者都觉得这种愁苦涌上自己的心头，无法排解。

月落、乌啼、霜满天，江枫、渔火、眠，姑苏城外寒山寺，夜半、钟声、客船，全是些具体的东西，但是让人觉得这些加到一块，是不能承受之重，这就是诗人高超功力的体现。

这首诗也直接带火了现在的苏州寒山寺。寒山寺因为寒山和尚而得名，后人尊称这个和尚叫寒山子。寒山和尚其实是大隋朝的皇族，他姓杨，跟隋炀帝杨广是堂兄弟。到大唐初年，他也想出来做官，参加了唐朝的科举，可是屡试不第，所以在尘世当中他变得很颓废、无可留恋，后来就出家了。三十多岁隐居在浙东的天台山。

寒山和尚是以什么出名呢？写诗。他的诗跟隋唐时候的诗人都不一样，他写的都是大白话，好像也没什么文采，可是在当时流传极广。因为他对佛法有非常深的研究，所以在他的诗句当中，经常带着几分放浪，但是嬉笑怒骂之间，却又饱含着佛教的机锋。他这种放荡不羁的表面做派，再加上内心对人生哲学的参悟，使他意想不到地成了当时国人的偶像。

塞下曲·其三

唐·卢纶

月黑雁飞高，单于夜遁逃。

欲将轻骑逐，大雪满弓刀。

〔释义〕

在一个没有月亮的漆黑夜晚，一群大雁飞向高处，
匈奴的首领趁夜色潜逃。
正要率领轻骑兵去追赶，
大雪纷飞落满了身上的弓箭和大刀。

【老梁解读】

这首《塞下曲》的作者卢纶，在唐朝时期经历了长时间的边塞生活，他参加过和少数民族作战，亲眼见过战场。所以这首诗读下来就会有种感觉：没有军旅生活的人，是写不出这样的诗句的。

这首诗写了一个场景，"月黑雁飞高，单于夜遁逃"。说的是一个没有月亮的晚上，雁群飞得很高，天还刮着风，马上要下雪了，此时最适合夜间偷袭、突围。这时候我军已经把敌军给围住了，胜利在望，可是敌军最高将领选择了这个时候带领兵将突围，半夜逃跑了。

"单于"是指着古代匈奴的首领，在这里代指对方少数民族的军队首领。

"欲将轻骑逐，大雪满弓刀。"我方将领决定，带领着轻骑兵，要把他追上，全歼敌人。这反映了士兵的决心：一定要打胜仗，穷寇也得追。但这时候大雪下来了，将士的弓、刀剑都落满了雪花儿。

这样的场景，如果不是身临其境，是根本写不出来的。作者用月黑、雁飞、大雪、弓刀、轻骑逐这样的词汇来描写夜间急行军，虽然看起来急急匆匆，充满打仗紧张的氛围，但是如果离远了看，又像是一幅非常美妙的画面。

读这首诗，我们要特别注意一个字，"欲将轻骑（继音）逐"，千万不要念成轻骑（齐音）逐，为什么呢？骑（齐音）是动词，比如骑马；骑（继音）是名词，一个人骑着马这叫一骑，是过去部队里骑兵的一个组成单位。

比如问："这个骑兵队伍总共实力怎么样？"答说："大概有二百余骑。"就是有二百多个人、二百多匹马。

《三国演义》里有"关云长千里走单骑"，不要念千里走单骑（齐音），因为它是指关羽护送两位大嫂，一道之上，只有他一个人一匹马。关公拿青龙偃月刀，骑着赤兔马，一人一马这为单骑，就是一骑的意思。

从军行七首·其四

唐·王昌龄

青海长云暗雪山，
孤城遥望玉门关。
黄沙百战穿金甲，
不破楼兰终不还。

〔释义〕

青海湖上乌云密布，连绵雪山一片暗淡。

站在孤城遥望着远方的玉门关。

大漠风沙中，战士身经百战，铠甲磨穿，

不彻底击败进犯的敌人，誓不返回家乡。

【老梁解读】

　　王昌龄在唐代边塞诗人里，应该说是最优秀的一个。边塞诗相对比较难写，因为去往边塞的诗人大多数是军队的官员，如果真实地把边塞作战过程中的苦难、艰险和恶劣环境都写出来，明显不符合当时统治阶级的需要。但是，如果诗人一味唱赞歌，一味为军士壮行、奏凯、加油助威，又明显忽略了当时相对残酷的现实。所以如何处理好这两者的关系，是一个边塞诗人在当时能否成功的非常重要的一点。

　　王昌龄处理得非常好。这首诗里，他采用了先抑后扬的手法，这首诗的头三句其实是很压抑的。

　　"青海长云暗雪山"，说的是在青海湖一带天空有云彩，云彩很低，雪山显得都很暗淡，环境很压抑。

　　"孤城遥望玉门关"，说的是在这里守着孤城跟敌人作战。"孤城"就是孤立无援的意思，"玉门关"在大西北，"遥望"就是说离关口很远，也就是军队已经到了非常偏远的地方。

　　第三句"黄沙百战穿金甲"，这个地方不仅深入西北的边陲，而且在这地区作战不是一年两年了。

　　"黄沙"指这个地方是荒漠，风吹沙打脸，往身上打，让战士们很痛苦。打了这么多场仗，黄沙把身上金属做的铠甲都给磨穿了，比喻作战时间之长，战斗之艰苦。

　　前面三句表述了战斗的艰苦，但最后一句，一下子把前面三句扭转过来，"不破楼兰终不还"。在这么艰苦的环境下，战士们依然坚持作战，为的就是消灭敌人，让国家没有后顾之忧，军队就能凯旋，离开这个环境恶劣的地方。

　　最后一句反映了将士一心为了扫灭敌人，不顾自己的安危，目的就是为了大唐安危。最后一句一扫前三句的压抑和阴暗，就像出征时喝一碗壮行酒之后，高喊的一句"青山处处埋忠骨，何须马革裹尸还"，一下子使格调变得激昂向上了。

　　这里面"楼兰"是现在新疆境内的一个地名，过去回鹘、突厥等少数民族占据这些地方，大唐王朝经常在这地区作战，所以"楼兰"也代指敌人。

　　王昌龄对现实主义和英雄式的浪漫主义处理得妙到毫颠，这样一首边塞诗，古往今来之所以广为传颂，就是因为它正视现实，但情绪依然高昂向上，环境虽然压抑，人性的光芒却得以发扬光大，这就是诗人写边塞诗了不起的地方。

扫码听音频

剑 客

唐·贾岛

十年磨一剑，

霜刃未曾试。

今日把示君，

谁有不平事？

〔释义〕

十年辛苦劳作，磨出一把利剑。

剑锋寒光闪烁，还未试过锋芒。

今天把它拿给你看，

谁有不平之事，不妨如实告诉我。

【老梁解读】

这首诗的名字叫《剑客》。剑客在古代的真实意思并不仅限于武侠，还要站在家国的立场上，要做到除暴安良、从戎卫国、上阵杀敌、出生入死、慷慨捐躯，这样的人才能被称为剑客。这首诗是贾岛借着写剑客的事情，抒发自身的情怀。

"十年磨一剑，霜刃未曾试。"意思是：剑客用了十年时间磨砺了一把宝剑，剑刃越磨越锋利，可是锋利的剑还没有过尝试，也就是还没杀一个人。当然这只是一个比喻，比喻剑客韬光养晦、厚积薄发。

"今日把示君，谁有不平事？"意思是：今天我把这剑拿出来给你看，你告诉我谁有冤屈我来为他报仇。

整首诗虽然写剑客，但实际是贾岛写自己。他以剑客自比，虽然不会武功，但是自己一肚子学问。他苦读诗书不止十年，在这么长时间里把自己的学问练得通达，却没有得到施展。只要给他一方舞台，他就能够让人看到他有多大的本领。

贾岛能够施展才能的舞台就是官场，字里行间就能看到贾岛内心渴望建功立业的情怀，所以这首诗严格意义上来讲是一首隐喻诗。

【大红妈妈领读】

扫码听音频

登幽州台歌

唐·陈子昂

前不见古人，
后不见来者。
念天地之悠悠，
独怆然而涕下。

〔释义〕

追忆历史，我无缘拜会古代贤君；

向往未来，我也遇不到旷世明君。

一想到天地的广阔无边与永恒不息，

就止不住满怀悲伤热泪纷纷。

【老梁解读】

　　这首诗名字叫《登幽州台歌》，幽州台的遗址应该在北京大兴区，这个地方，在战国时期是燕国的地盘。所谓幽州台，又叫黄金台，是当时燕昭王为了总揽天下英才，在这儿修建的一个黄金台。意思是昭告天下有才华的人，谁来我这儿，就会拜相或者封官，还给重赏。李白有首诗写道："燕昭延郭隗，遂筑黄金台。剧辛方赵至，邹衍复齐来。"意思是，很多人才从六国跑到燕国来了。

　　那么诗人陈子昂登上了幽州台，写下这首诗是感慨什么呢？"前不见古人，后不见来者。念天地之悠悠，独怆然而涕下。"说的是诗人自己，想改变初唐时期的写诗风格。自从南北朝，南朝宋齐梁陈下来，靡靡之音遍地都是。诗的辞藻非常华丽，但诗写的空无一物，也不关注民间疾苦、人的真实感情。陈子昂想扭转这一诗风。

　　"前不见古人"，古人是指那些先贤，幽州台上很多的大贤、大德，今天已经见不到了，没缘分见到仰慕的"建安七子""三曹"这些人，这是前不见古人。"后不见来者"，是指和诗人同辈的这些人，虽然能看到，但没有同道中人，没有与诗人一样抱负的人。

　　"念天地之悠悠，独怆然而涕下。"唉，宇宙这么大，古往今来，可自己真正能赶上的如同白驹过隙，只有那么一瞬间，抓不着。没有志同道合的人，我感慨无比，心情很悲哀，流泪了。

　　从这首诗中，我们可以看出作者把自身完全抛在整个咏古环境之外，他感慨的是古往今来这些圣贤，自己今天都见不到，他感慨的是这些东西，而不是说自己怎样，这使这首诗能够打破时空的界限，一下子戳到你我心里最软的地方。

　　这首诗的气派之大，是一般唐诗作品难以企及的，它站在了时空的制高点。从这一点来看，陈子昂留下来的诗虽不多，但这一首诗可以称得上是压住了全唐，是经典中的经典。

【大红妈妈领读】

扫码听音频

南园十三首·其五

唐·李贺

男儿何不带吴钩，
收取关山五十州。
请君暂上凌烟阁，
若个书生万户侯？

〔释义〕

男子汉大丈夫为什么不拿起军刀，

去收取被藩镇割据的关塞河山五十州呢？

请你暂且登上那画有开国功臣画像的凌烟阁去看看，

有哪个书生曾被封为食邑万户的列侯？

【老梁解读】

　　这首诗是李贺发牢骚时候写的一首诗，整首诗说的都是气话。"男儿何不带吴钩，收取关山五十州。"意思是说：男子汉大丈夫，为什么不拿起军刀呢？应该杀上前线，收复失地，到边塞地区去打仗立功。"吴钩"是古代的一种军刀，刀刃有点儿弯，像钩子一样。

　　李贺是个文人，是一个手无缚鸡之力的书生，突然间说男儿应该打仗去，他

的理由是什么呢？

"请君暂上凌烟阁，若个书生万户侯？"意思就是：请你到凌烟阁里看看，封万户侯的二十四个功臣里边，哪有一个是书生呢？

"凌烟阁"是唐朝的都城长安皇宫里的一座小楼，它是唐太宗李世民为了纪念创建唐朝的有功之臣而修建的地方，这里有大画家阎立本画的大唐开国二十四个功臣的画像，然后由书法家褚遂良题字。这些画和真人大小差不多，这二十四个人里有秦琼、尉迟恭等，他们都是开创唐朝盛世的功臣，唐太宗李世民经常会去那里怀旧。

这首诗本质其实就是李贺在讲气话、发牢骚。李贺才气很大，但他不能参加科举考试，或者说他不能中进士。因为李贺的父亲叫李晋肃，这个"晋"和进士的"进"是同一个发音，所以他要中了进士，就触犯了他爸爸的名讳，为了避他爸爸名讳，李贺就不能参加科举考试。所以说，李贺倒霉不光倒霉在那个时代，也倒霉在他父亲的名字上。

扫码听音频

题乌江亭

唐·杜牧

胜败兵家事不期，

包羞忍耻是男儿。

江东子弟多才俊，

卷土重来未可知。

〔释义〕

胜败乃是兵家常事，难以预料。

能够忍辱负重，才是真正的男儿。

江东这个地方人才济济，

若项羽能重整旗鼓卷土重来，楚汉相争，谁输谁赢还很难说。

【老梁解读】

杜牧这首《题乌江亭》是诗人来到了乌江边有感而发的一首咏史诗。他咏的这段历史是楚汉争霸的故事。

楚霸王败退到乌江，身边的兵将都已经折损殆尽了，项羽觉得没有面目去见江东父老，想要一死了之。这个时候有一个船夫，他打算带项羽渡过乌江，所谓"留得青山在，不怕没柴烧"。但是项羽没有听他的，觉得不能忍受这个耻辱，于是拔剑自刎了。所以李清照写楚霸王就说"至今思项羽，不肯过江东"，称赞他"生当作人杰，死亦为鬼雄"。

可是杜牧不同意这种看法，他在诗里提出不同见解。"胜败兵家事不期，包羞忍耻是男儿。"自古以来，胜败就是兵家常事，就算是诸葛孔明也一样，也打过败仗。打仗败了感到羞耻是正常事，但要知耻而后勇，当作对自己的鞭策，这才是男子汉大丈夫。

"江东子弟多才俊，卷土重来未可知。"江东弟子有好多都很有本事的，不光是项羽带走这八千人，项羽如果能够渡过乌江，把那些有能力的人聚拢到一块儿卷土重来，没准儿刘邦就会被打败了。

李清照说"生当作人杰，死亦为鬼雄"，杜牧说"卷土重来未可知""包羞忍耻是男儿"，两个人的意见就不同，事实上中国古代的典籍和俗语中，互相矛盾的言论并不少。

　　这边说宁为玉碎，不为瓦全；那边就讲留得青山在，不怕没柴烧。这边说君子坦荡荡，小人长戚戚；那边说量小非君子，无毒不丈夫。

　　这是怎么回事呢，怎么会互相矛盾呢？其实，中国的很多智慧是此一时彼一时，怎么说都有它的道理。所以读者要记住，中国传统文化里有一句很经典的话，人嘴两张皮，反正都有理，对于其中的真实含义，一定要注意区分。

【大红妈妈领读】

嫦　娥

唐·李商隐

云母屏风烛影深，
长河渐落晓星沉。
嫦娥应悔偷灵药，
碧海青天夜夜心。

〔**释义**〕

嵌着云母石的屏风上映上一层浓浓的烛影，

银河渐渐隐去，晨星也消失在黎明的曙光中。

月宫里的嫦娥应该后悔当初偷吃了长生不老的仙丹，

现在只能面对着碧海蓝天，夜夜愁苦相思。

【老梁解读】

李商隐这首诗把民间传说和自己的心情融合得特别好。话说李商隐到四川做官，没有带家眷，身边也没有朋友，有一天突然思念亲友，到晚上仍睡不着觉，心里很难受，于是写下了这首诗。

"云母屏风烛影深，长河渐落晓星沉。"意思是：透过装饰着云母的屏风，烛影渐渐暗淡下去。银河也在静静地消失，晨星沉没在黎明的曙光里。烛光摇曳，我一点睡意也没有，不知不觉间天一点点亮了。云母是一种有光泽的矿石，经常用来放在屏风上做装饰。

后两句则是一个典故，诗人把自己比作嫦娥，"嫦娥应悔偷灵药，碧海青天夜夜心"。嫦娥和神箭手后羿两个人是夫妻，后羿从西王母那弄了一服长生不老药，可是暂时不能吃，因为功力还没到，结果嫦娥抑制不住好奇，把这个药偷出来吃了下去，一下子就感觉身轻如燕，缥缥缈缈地就跑到月亮里边去了。到了月亮里头她后悔了，因为她再也回不去了，而自己心爱的丈夫后羿在地面上也上不来。所以她一个人在月宫里面，冷冷清清，凄凄惨惨，每天对着这碧海青天伤心。

诗人把自己比作嫦娥，他所说的"偷灵药"指的就是热衷于功名利禄。诗人后悔的是为了升官，自己一个人大老远跑到这个人生地不熟的地方，现在三更半夜里这么想家，这反映了诗人追寻功名利禄和自己内心切实感受之间的矛盾。

　　这首诗，好就好在他把传说中的嫦娥和自身比照起来，让所有读这首诗的人，用不着了解李商隐当时的状况，就能够直接了解到这种感受是什么，所以拿嫦娥自比，这也算是诗人灵机一动、超人一等的奇思妙想。

寄酬韩冬郎兼呈畏之员外·其一

唐·李商隐

十岁裁诗走马成，

冷灰残烛动离情。

桐花万里丹山路，

雏凤清于老凤声。

〔**释义**〕

十岁就才思敏捷，走马之间就可以写诗。

蜡烛即将燃尽，灰烬冷却，在座的人触动了离别之情。

在那遥远的丹山道上，美丽的桐花覆盖遍野，

花丛中不时传来雏凤的鸣声，比老凤凰的鸣叫更为清亮动听。

【老梁解读】

　　这首诗的写作背景是：公元851年，李商隐被派到外地做官，他从都城长安出发，到四川梓州任职。走的时候，他的连襟给他送行，连襟的孩子韩冬郎在送行的宴席上写了一首送别诗，大诗人李商隐觉得这孩子的诗写得很好，当时这孩子才十岁。一晃五年过去了，到了公元856年，李商隐从四川回到长安，见到自己的连襟，又提起这件事，于是有感而发作了这首诗。

　　"十岁裁诗走马成，冷灰残烛动离情。"说的是送别那一年，这个韩冬郎才十岁，但十岁的孩子就能写诗了，而且文思很敏捷。我们已经酒过三巡，菜过五味，蜡烛都点得只剩个蜡头了，酒宴要结束之时，这孩子的一首诗，使我们别离的愁绪显得更加深刻。

　　走马成是一个典故：东晋时候，有个文人叫袁虎，这个人写文章又快又好。有一次跟着上司从军，上司交代他写一篇文章，可是当时部队马上要出发了，他没有办法就靠在马的身上，一会儿工夫就写了七张纸，等到出发的时候，他的文章已经写完了，这就叫走马成，也叫倚马可待。

　　五年之后，诗人想起当年这件事，由衷地发出慨叹。"桐花万里丹山路，雏凤清于老凤声。"意思是：山上开满了桐花，一路之上春意盎然，生机勃勃。在这样大好的春天里，年轻的凤凰发出的鸣叫，比老的凤凰鸣叫更好听，更清亮、高亢、婉转动听。

　　诗的意思是青出于蓝胜于蓝，自古英雄出少年，在这生机勃勃的春天里，年轻人应该大有作为，一定比中老年人要强。

　　所以，后来当我们说到后辈超越了前辈，经常会引用这句，这里也希望能够把唐诗宋词熟读熟记的年轻人，将来能做到雏凤清于老凤声。

【大红妈妈领读】

扫码听音频

听弹琴

唐·刘长卿

泠泠七弦上，

静听松风寒。

古调虽自爱，

今人多不弹。

〔释义〕

七弦琴奏出清脆悠扬的曲调，

细细倾听，是那古琴曲《风入松》，琴声凄清。

这清幽高雅的古曲，我虽然很喜欢，

但在今天人们大多已不再弹奏了。

【老梁解读】

刘长卿这首诗对当时的社会现象和诗人的心态，刻画得非常真实。

"泠泠七弦上"，"泠泠"是指古琴的声音激越，"七弦上"，这个古琴是七弦琴。七弦琴怎么来的呢？原来根据古代音律"宫商角徵羽"五音，确立五根弦，据说周文王给加了一根弦，后来周武王又给加了一根弦，于是就变成了七弦"宫商角徵羽文武"，这是古琴的标准制式。

"静听松风寒"，古琴曲中有一首《风入松》很有名，听后让你觉得浑身都有凄冷的感觉。意思就是听古琴会让人安静，而不会让人感觉到热血沸腾，所以古琴注定是非常高雅、小众的，它不可能是大众都能接受喜欢的。古琴特别难学，所以刘长卿由衷地慨叹，"古调虽自爱，今人多不弹"。因为大多数人觉得古琴太过冷清，不够热闹，嫌煞风景，所以喜欢听的人很少。

它反映诗人的什么情怀呢？诗人坚守一些传统，坚守自己内心的东西，不忘初心，可是在外部这个喧嚣的世界里，有人已经把这些东西扔到九霄云外去了。大家都忙着追求世俗的功名利禄，不再把传统的东西当回事。诗人想通过这首诗，表达诗人现在的不合流，并不是诗人自己特殊、落后，而是诗人坚守高雅的东西，不再被现在这个世俗的世界所接受。

中国古代文人，以古琴自况，自命高雅高洁，才写出来这样一首诗。今天，对一些在象牙塔里特立独行有追求的人来说，也可能会把这首诗的作者引为知音。

【大红妈妈领读】

扫码听音频

己亥岁二首·其一

唐·曹松

泽国江山入战图，

生民何计乐樵苏。

凭君莫话封侯事，

一将功成万骨枯。

〔释义〕

水域江山都已成为战场，

百姓还怎么打柴割草度日。

请你别再提什么封侯的事情了，

一员大将的功成名就，要牺牲千千万万士卒的生命。

【老梁解读】

在这里，我要隆重地向大家推荐曹松的这首诗，因为这首诗在唐诗当中，是爱好和平、反对战争最有力量的一首诗。我希望大家不仅能背下这首诗，还能理解这首诗的意思。

"泽国江山入战图"，这里的"泽国"，是指富饶的水域。"江山"，指万里江山，老百姓安居乐业的地方。"入战图"，意思是都成了战争的场地。

"生民何计乐樵苏"，"樵"的意思就是砍柴，"苏"的意思是割草。砍柴割草是最普通的劳动人民生活，本来老百姓安贫乐道，对这样的日子很知足了。但战争来了，老百姓连这样的日子都没了，颠沛流离，时时面临着生命危险。

"泽国江山入战图，生民何计乐樵苏。"意思就是到处都打仗，老百姓连基本的生活、安居乐业都谈不上。

后边是千古名句，"凭君莫话封侯事，一将功成万骨枯"。这其实是诗人在模拟一个场景，朝廷当中某一位武将或者文官，磨刀霍霍，要打仗。打仗的目的就是为了立功，为了封侯，封万户侯。这时爱好和平的诗人带着讽刺意味跟他说，请你不要再说封万户侯的事了。"凭君莫话封侯事"，"凭"是请的意思，即请你别再来那一套了，因为"一将功成万骨枯"。你一个人成功了，被封为万户侯，但是"万骨枯"。这里"万"是指多个，不知道得有多少人成了冢中枯骨，甚至死无葬身之地。

　　因为古往今来，有很多好战分子，借着各种各样的名义，打这个仗，打那个仗，最后他个人得到了荣华富贵，却使千千万万的老百姓颠沛流离，甚至死无葬身之地。

　　这一点，对我们现代人也有启示意义。我们经常在网上看到，很多人要打这个，要打那个，还"虽远必诛"。当然有人侵略我们的时候，我们决不手软，但是在和平年代，如果能通过和平谈判解决问题，就不要在战场上用武力来解决。"宁为太平犬，不做乱世人。"如果打仗，不知道又有多少人要过着颠沛流离的日子了。大家要牢牢地记住这个道理，再糟糕的和平也比战争要强得多。

【大红妈妈领读】

扫码听音频

劝 学

唐·颜真卿

三更灯火五更鸡，

正是男儿读书时。

黑发不知勤学早，

白首方悔读书迟。

〔释义〕

每天三更半夜到雄鸡报晓的五更时分，

是男孩子们读书的最好时间。

如果年少时不知道勤奋学习，

到年老的时候就会后悔读书太晚。

【老梁解读】

颜真卿这首《劝学》类似前面的"少壮不努力,老大徒伤悲",但是它比那首诗更加直白易懂,而且更加具体。

"三更灯火五更鸡,正是男儿读书时。黑发不知勤学早,白首方悔读书迟。"诗把时间、地点都交代了,内容就是:大好男儿应该趁早努力,年轻人不要害怕吃苦,趁年轻要勤奋学习,否则等到年纪大了,身无长物就要后悔了。所以颜真卿勉励的是年轻人,要讲的道理是努力要趁早。

三更和五更需要解释一下:中国古人把晚上的时间分成五更,具体是晚上七点到早晨五点这段时间。从时辰来讲就戌时、亥时、子时、丑时、寅时这五个时辰。

古代一个时辰等于现在两个小时。戌时就是晚上七点到九点,亥时是九点到十一点,子时是十一点到后半夜一点……我国古人晚上七点以后就睡觉,早晨五点前就起来。

三更就是古人熟睡的半夜,也就是晚上十一点到后半夜一点,五更则是早晨三点到五点。"三更灯火五更鸡",意思就是读书必须贪黑起早,因为这个时间段人的头脑比较清静,而且不像白天有很多人打扰。

而后面两句也紧扣这个主题,"黑发不知勤学早,白首方悔读书迟"。年轻时精力充沛,可以吃点苦、遭点罪,等年纪大了,身体受不了了,即便想读书也晚了。

所以，很多读者儿时都觉得读书没有用，书本上的知识用不上，到大了才发现，小时候读什么都有用。所以这首《劝学》，绝对不只是古人老辈劝勉晚辈，放到今天仍有非常强的现实意义。

【大红妈妈领读】

扫码听音频

卜算子·咏梅

宋·陆游

驿外断桥边，寂寞开无主。

已是黄昏独自愁，更著风和雨。

无意苦争春，一任群芳妒。

零落成泥碾作尘，只有香如故。

〔释义〕

驿站外的断桥边，有一簇梅花孤独绽放。

黄昏时节本已愁苦不堪，竟还遭到风雨的摧残。

不想费尽心机争春斗艳，对百花的妒忌毫不在乎。

凋零飘落后化为尘土，清香却永留世间。

【老梁解读】

陆游的这首《卜算子·咏梅》是千古绝唱，后来毛泽东也和了一首《卜算子·咏梅》。在所有的诗词中，写凄苦的比较多，但是在凄苦之中，不屈不挠，最后留下一个相对亮色尾巴的诗词佳作并不太多，陆游的这首词就是这样的佳作。

开头陆游写道"驿外断桥边，寂寞开无主"。"断桥"是废弃不用的桥，梅花开在废弃的桥边，没人经过，也没人欣赏。本来"开无主"没人关心就够惨的了，"已是黄昏独自愁"，到了黄昏，一枝梅花在这儿开，这种凄凉景象更使人愁绪万千，"更著风和雨"，这时又刮风又下雨，对这枝孤梅进行了再一次的摧残，真悲惨。

这时诗人画风一转说梅花"无意苦争春，意思就是梅花根本不跟其他的花争，在冰天雪地里傲然绽放，"一任群芳妒"，梅花开得白且香，招来其他花的忌恨，但它毫不在乎，即使"零落成泥碾作尘，只有香如故"。最后梅花凋谢了，落到地上，被碾成了尘土，裹在泥里，香味还留在世间。这个具有亮色的结尾，把前面凄苦的气氛，一下子掉转过来，有一个昂然向上的收尾。

陆游能写出这样一首独特的词，跟他的生活经历有关，他生活凄苦得很，不如意的时候太多了。南宋，陆游是主战派，因此得罪了秦桧，所以不是被放在一个不重要的位置上，就是干脆被罢免。而陆游又非常想报效国家，想到战场上为国家效力，结果他一生不仅颠沛流离，还不断地被打压，壮志难酬，非常苦闷。

但是陆游始终坚持初衷，绝不向任何人妥协，直到快死了还告诉儿子，"王师北定中原日，家祭无忘告乃翁"。

梅花在寒冷的天气下傲然绽放，从不屈服，把自己的香气留在天地之间的高冷情怀，和陆游一生是高度吻合的。与其说他是咏梅，还不如说他是在托物言志，感慨自己的身世。把自己的情怀寄托到一个具体的事物上，因为这个事物形象生动，易于被人理解，所以他的情怀也就更加容易被人理解。所以，陆游这首《卜算子·咏梅》乃是千古名篇，真正做到了人词合一。

示 儿

宋·陆游

死去元知万事空，
但悲不见九州同。
王师北定中原日，
家祭无忘告乃翁。

〔释义〕

我本来就知道，人死以后就什么都没有了。

只是痛心没能亲眼看到国家统一。

当朝廷军队平定北方收复中原失地的时候，

你们祭祀家中先人时，不要忘了把这个好消息告诉我。

【老梁解读】

陆游这首诗表明了他一生希望能够北定中原的志向，他写这首诗的时间是公元 1210 年，陆游即将离世，于是对儿子留下了这份"遗嘱"，所以名字叫作《示儿》。

"死去元知万事空，但悲不见九州同。"作者一辈子努力的目标是收复中原，把金国人打走，把原来大宋的地盘夺回来，临死的时候才知道，这个目标这辈子要"竹篮打水一场空"了。他知道人死后，世间的一切事情都跟他无关了，他最大的悲哀是沦陷的国土没有收复。过去古人把天下分九个州，以"九州"代指整个天下。

"王师北定中原日，家祭无忘告乃翁。"意思是：相信将来有那么一天，朝廷的军队最终能够把中原夺回来，到那时候你给我烧纸上香祭祀，别忘了告诉我一声。

这首诗是死前的叮嘱，虽然是"遗嘱"，但不悲哀反而很悲壮，因为有一种爱国的情怀在里面。

当时的南宋，陆游是比较标准的抵抗派，对待金国的态度非常强硬。可是在南宋朝廷里，投降派是主流，尤其是秦桧当道时，抵抗派一般都很惨。

陆游当年科举考了第一，跟他一起考的有秦桧的孙子，秦桧的孙子也有一定学问，但没考过陆游，秦桧就来气了，把第一的陆游给排到后面去了。后来陆游虽然也考上了，但却遭到秦桧的记恨，处处被他刁难，导致陆游的仕途很不顺，尤其是他多次提出抗金主张，得不到朝廷主流的认可，经常被罢官，起用，又被罢官，一直到秦桧去世，陆游才算得到重用。但是这个时候，南宋的国力已经很微弱，自顾不暇，没有那么多精力北定中原了。所以陆游带着一生的遗憾，最终离世。

"家祭无忘告乃翁"，现在很多人有一些事情未了的时候，总愿意把这句话提在嘴边，表示死不瞑目的态度！陆游一辈子为收复河山奋斗，到最终去世都没有忘记，这也就是我们现在把陆游定义为爱国诗人的一个最重要的原因。

【大红妈妈领读】

冬夜读书示子聿

宋·陆游

古人学问无遗力，
少壮工夫老始成。
纸上得来终觉浅，
绝知此事要躬行。

〔**释义**〕

> 古人做学问是不遗余力的，
>
> 往往要到老年才有所成就。
>
> 从书本上得来的知识，毕竟是肤浅的，
>
> 要透彻理解其中的道理，必须亲自去实践才行。

【老梁解读】

陆游这首诗是教自己儿子读书、做人的道理，所以相对浅显易懂，目的是让自己的孩子容易理解。

"古人学问无遗力，少壮工夫老始成。"这里的"古人"是指古代先贤，他们做学问不惜力气，不过这个"无遗力"，不仅仅是"三更灯火五更鸡"读书，同时还要把书本的知识灵活运用到实践中，才能"少壮工夫老始成"，随着年龄增长、阅历的增加，才能成为集大成者，才有成就。所以陆游告诫孩子要明白这个道理："纸上得来终觉浅，绝知此事要躬行。"就是在书本上得来的东西还是浅显，你要在现实中亲身去实践。

陆游一生也是在实践中过来的，所谓"读万卷书，行万里路"就是这个道理。有个故事说，中国南方有一个生产肥皂的小厂家，它有几条流水线，香皂过来，掉到盒里，包装完了，就成了成品。不过后来由于包装设备老化，会出现一点小故障，经常有的盒里没有装上香皂。为了解决这个问题，厂里请来两个名牌大学毕业的技术人员，他们给出了一套方案，不过得好几百万元的资金。

但是这个小厂家根本就没有这么多钱，于是厂里的一位老工人提出了一个方案，最后花了180块钱就解决了。他买了两个大风扇，放在流水线两边吹。结果是装上了香皂的盒吹不动，但是空盒，风一吹就把它吹走了。这是告诉大家，生产实践中得出的东西，往往特别实用。所以我们一方面要高度重视书本上的东西，另外一方面绝对不能轻视实践里的东西，如果任何一个地方出现偏颇，那都不是科学严谨的治学态度。

扫码听音频

观书有感二首·其一

宋·朱熹

半亩方塘一鉴开，

天光云影共徘徊。

问渠那得清如许？

为有源头活水来。

〔释义〕

半亩大的方形池塘像一面镜子一样被打开，

天空的光彩和浮云的影子在水面上闪耀浮动。

要问池塘的水为何这样清澈？

是因为有永不枯竭的源头不断地为它输送活水。

【老梁解读】

这首诗并不是一首风景诗，它其实是一首托物言志的诗。

"半亩方塘一鉴开"，作者是把书比喻成一面镜子，看书的过程就好像照镜子，一切变得晶莹剔透，格外清楚明了，就如同半亩方塘，豁然开朗。

"一鉴开"的意思是就像镜子被打开一样，"鉴"就是古人用的镜子。古时候的镜子上面有一个盖子，要用的时候得把盖打开，作者说看书就好比是把镜盖拿掉之后，突然间玲珑剔透，让人感觉神清气爽，给人带来精神上的洗礼。

"天光云影共徘徊"，这是用美好的自然风光比喻内心的玲珑剔透，达到了一种天人合一、融为一体的境界，眼前景物的剔透，象征着内心世界思考的丰富。

"问渠那得清如许，为有源头活水来。"这里的"渠"有一个特殊的意思，它在这里的意思不是沟渠，而是前面写的"方塘"。"问渠哪得清如许"，诗人问这半亩方塘为什么能够清澈到这种程度呢？"为有源头活水来"，那是因为它有源头。"源头"是活水，不是死水，这比喻读书固然重要，但还要经常思考，要补充新的知识来充实大脑，充实心胸。

这也是朱熹讲的"知先行后、格物致知"，他把这种思辨思维融化到诗当中，强调读书和深思之间要有合理和谐的关系，书读得多也要思考得深入，这样才能使你的思维源源不断地有新的能量补充，才能更好地理解从书本当中得到的知识，从而来指导实践。

　　这一首小诗，可以说含义隽永、哲理丰富，而且写得又饶有生活情趣，因此才能够千古流传。

【大红妈妈领读】

扫码听音频

梅 花

宋·王安石

墙角数枝梅，
凌寒独自开。
遥知不是雪，
为有暗香来。

〔释义〕

在偏僻的墙角有几枝梅花，
冒着严寒独自盛开。
远远望去就知道那不是雪，
因为梅花隐隐传来缕缕幽香。

【老梁解读】

　　王安石的这首《梅花》是一首自况诗。自况诗就是在周边找一个事物，把它比喻成自己，或者借助对这个事物的描写，来抒发自己的心情。王安石在这里把自己比喻成凌寒独自开的梅花，这很符合他当时的状态。

　　王安石是中国历史上著名的改革家，在改革的过程中他遇到的阻力非常大，他希望自己能够顶住压力，不和利益集团同流合污，所以他把梅花凌寒独自开的品质用以自比。

　　同时王安石还是一个不修边幅的人，在生活上很随意，也不摆文人雅士的架子。比如他在家里吃饭，下人猜他喜欢吃什么，有人说王大人好像爱吃鹿肉，因为发现他把桌子上那盘鹿肉都吃光了。后来问了王安石才知道，他并不爱吃鹿肉，而只是图简单省事，因为上菜的时候鹿肉刚好就摆到他跟前，他为了夹着方便就吃最近的菜。因为他的脑袋里想的都是大事，对于生活上的小事其实是不在意的。

　　在这首诗里，王安石拿梅花自比，说自己特立独行，不追求外在的东西，只坚守自己的品质。

　　"墙角数枝梅，凌寒独自开。""墙角"是不被人关注的地方，王安石的意思是：梅花不凑热闹，也不想成为显贵，冒着严寒，它就独自开放了。严寒比喻的就是一些困苦的环境，他把自己的变法比喻成梅花绽放的一个过程。

"遥知不是雪，为有暗香来。"梅花很白，但即便在远处看，我们也知道它不是雪，因为我们的鼻子闻到了那里有淡淡的香味。

王安石的意思是：梅花不像雪那么白，却带给了人间清香。用来比喻自己不追求什么名望、富贵，而要用自己这些作为给老百姓带来真正的实惠。王安石用梅花比喻自己，虽然历史上的王安石并没有他写的梅花这么好，但是他把梅花当作自己可以眺望的地平线，总比那些自甘堕落的官僚要强得多。

【大红妈妈领读】

扫码听音频

赠刘景文

宋·苏轼

荷尽已无擎雨盖，

菊残犹有傲霜枝。

一年好景君须记，

最是橙黄橘绿时。

〔释义〕

荷花凋谢，连那擎雨的荷叶也枯萎了，

只有那开败了菊花的花枝还傲寒斗霜。

一年中最好的风景你一定要记住，

就是那橙子金黄、橘子青绿的秋末冬初时。

【老梁解读】

这首诗是宋代苏东坡写的。唐诗宋词，说唐诗写得好，宋词写得好，其实很多人并不了解，宋诗同样是一座不逊于唐诗的高峰，只不过宋诗风格大多理性含蓄，不像唐诗那么奔放有感染力。所以人说，唐代是有情之天下，宋代是有理之天下。宋诗中有一个特点，就是在简单的叙述当中，饱含着对人生、对世界的思考。

"荷尽已无擎雨盖，菊残犹有傲霜枝。"意思是说深秋季节，荷花的叶子都已经凋零了，原来荷花叶子就像把雨伞一样，这时候都没了。菊花也凋零了，就剩一根枝了，花也都谢了，这个时候已经接近初冬，完全是深秋季节了。

可能有人看了之后会疑惑这是悲秋吗？谁知苏轼笔锋一转，"一年好景君须记，最是橙黄橘绿时"。就是说一年当中最好的时辰你应该知道，不是前面我们说的桃红柳绿时，而是橙黄橘绿时，这时候已经结了果实了，又黄又绿的东西，看着就那么喜庆。

所以虽然已经是秋末冬初了，可是我们迎来了一个收获的季节，"擎雨盖""犹有傲霜枝"是收获必然要付出的代价，秋天虽然万物凋零，但是我们迎来了一个金灿灿沉甸甸的收获的季节。这反映了"得""失""舍"之间的关系。

而且"谁挥鞭策驱四运，万物兴歇皆自然"，这种景象它是大自然的规律，一年四季往来复始，不过就是播种和收获。播种是为了什么，为了让人有一个好的收成，这是最终的目的。

　　这就是宋诗的代表，在写景抒情的同时，表达人生哲理，苏东坡这首诗就是其中写得非常不错的有味道的诗。

蚕 妇

宋·张俞

昨日入城市，
归来泪满巾。
遍身罗绮者，
不是养蚕人。

〔释义〕

一位养蚕妇女，昨天进城去集市出售蚕丝，

回来的时候泪水沾湿了手巾。

因为她看到，全身穿着丝绸衣服的人，

根本不是像她这样辛苦劳作的养蚕人。

【老梁解读】

有人把这首诗理解成过去劳动人民对剥削阶级无声的控诉。它里面并没有直接地批评剥削阶级，可是里边隐藏的控诉，让你读完之后印象反而更加深刻。

"昨日入城市，归来泪满巾。遍身罗绮者，不是养蚕人。"这里的"城市"不是我们今天说的城市，"城"就是城市，"市"是市场。"罗绮"泛指高档的衣服，就是质地非常好的衣服。

这首诗的意思就是昨天卖蚕人去了城里的市场，回来以后想一想很伤心、哭了，因为那些浑身上下穿着漂亮高档衣服的有钱人，他们根本不是养蚕、织布的人。也就是说那些生产布料的人却穿不起，不生产布料的人却穿得起，很富有。所以有人说这首诗是对剥削阶级的血泪控诉，反映了社会不公。

但是如果仅仅这么理解，那么你的理解就太片面了。因为封建社会毕竟也要维持稳定，所以它也要保证买卖公平、市场有序，统治阶级的剥削是通过税收等各种各样的手段来实现的，它不是明抢，不是说剥削阶级到养蚕人家里，把你的丝都抢走，把你的房子扒了。别人为什么能穿这种衣服，你为什么穿不起，这里面也有一些的经济学原理。

首先，生产者并不必然拥有他生产的产品，就像生产劳斯莱斯车的人，他可能买不起劳斯莱斯车，他只是生产过程当中的一个环节，这个是合理的，因为他出卖的劳动只能获得他相应的收益，并不必然获得他生产东西的产权，这是经济

学的一个基本常识。

我们可以指责那些剥削者，不用劳动，就可以拥有很多好的东西，但是你不能认为生产罗绮的这些人没有能够穿上罗绮是不合理的。

因为从蚕丝变成衣服，还有很多环节。这些中间环节的存在，往往也对生产者形成了盘剥。

另外，如果当时的封建政府能够把整个环节组织起来，避免中间出现过多环节，减少对生产者的盘剥，那么劳动人民是不是能够获取更多的利益呢？而这些如今都可以通过市场经济的调节手段来实现。

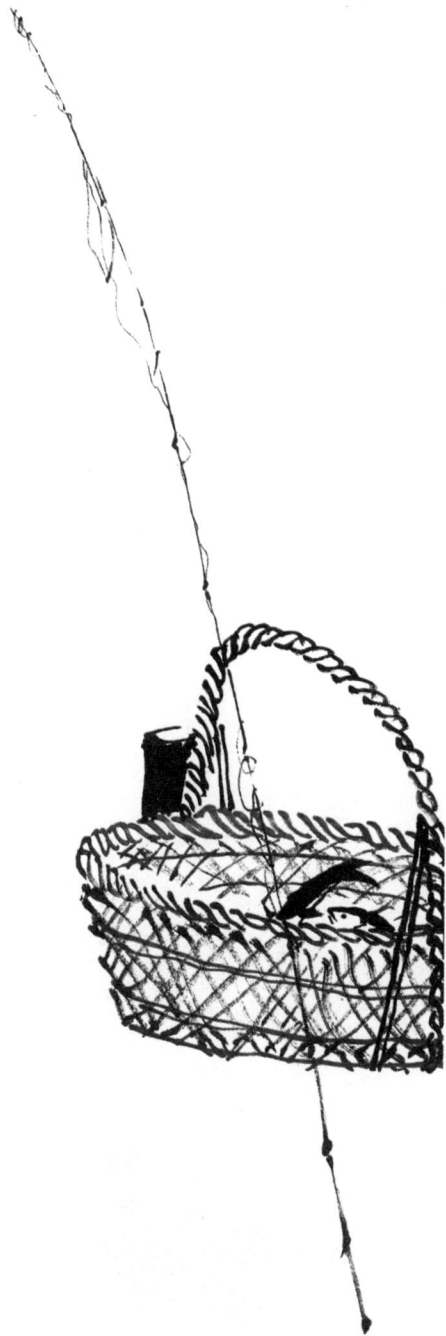

【大红妈妈领读】

扫码听音频

绝 句

宋·陈师道

书当快意读易尽，

客有可人期不来。

世事相违每如此，

好怀百岁几回开？

〔释义〕

合口味的好书，读起来饶有兴味，但往往很快就会读完，
期望见到的人却总也等不来。
世间的事总是这样与意愿相违，
人生百岁，有几次能够欢笑开怀？

【老梁解读】

这首《绝句》反映了诗人的人生态度和认知。诗人的认知也是我们普通人，尤其是人到中年有一定阅历的人的一种普遍认知。

"书当快意读易尽，客有可以期不来。"他说喜欢一本书，你读起来总是很快，很快读完了，你会觉得意犹未尽。而你喜欢的客人，你希望他能来，俩人一起聊天、喝酒，很开心，但是他不可能天天来陪你。

这两句应该是那个时代的诗人，经常会发出的一些人生感悟。佛教有种说法是人生有"七苦"，"生、老、病、死、怨憎会、爱别离、求不得"。生老病死我们都知道了，这都是人生的必经阶段；"怨憎会"是你讨厌那个人，你偏偏总跟他见面；"爱别离"是你喜欢那个人，他却很难跟你在一起；"求不得"是你想要什么东西，可总是得不到。

诗人这里说的投缘的人不能经常在一起，就是我们说的这个"爱别离"，这是人生的一苦，也是人生必须经历的磨难。

然后诗人进一步总结道，"世事相违每如此"，就是说万事和我的心意相背，常常就是这样。

"好怀百岁几回开？"那种美好的情怀、美好的心境，几百年当中，或者说人生一百岁、一辈子当中，能有几回真正绽放，能有几回真正开心呢？古话常说"不如意事常八九，可与人言无二三"。就是说在我们的人生中，十件事里头得

有八九件不顺心，也就一两件事你觉
得顺心的，但是个中滋味呢，你能够
跟别人说清楚的，十件事里头两三件
都不到，就是此中缘由不足为外人
道，酸甜苦辣只有自己知道。

既然这样苦，人活着还有什么意
思呢？不过"人生只有享不了的福，
没有遭不了的罪"。就是说即使你有
八九件事不如意，也很容易能扛过去，
就是那一两件事的高兴，足以支撑你
渡过那八九件事的难关。正是阿 Q 式
的精神胜利法，让我们抗过人世间的
种种苦难。

【大红妈妈领读】

扫码听音频

雪梅二首·其一

宋·卢梅坡

梅雪争春未肯降，

骚人搁笔费评章。

梅须逊雪三分白，

雪却输梅一段香。

〔释义〕

梅花和雪花都认为各自占尽了春色，谁也不肯服输。

诗人放下手中的笔，难写评判的文章。

说句公道话，梅花不如雪花晶莹洁白，

雪花却输给梅花一段清香。

【老梁解读】

这是一首借景抒情的诗，它对后世的文学评论产生了积极的影响。它以文人界长久以来争论的一个公案开篇，就是"梅花"和"飘雪"，到底哪个更能代表真正的春天，代表真正的气质高洁？

很多文人以"梅花""白雪"自比，所以它开篇就是"梅雪争春未肯降"。文人里面有的推崇"梅花"，有的推崇"白雪"，"未肯降"意思就是没有人肯往后退一步，针尖对麦芒地在争论。

"骚人搁笔费评章"，这些文人，不得不放下手中的笔，来考虑到底谁好，谁更胜一筹？这时诗人给出他的结论，你站在不同角度就会有不同的理解，你想要什么，就会有什么样的观点，所以他说"梅须逊雪三分白，雪却输梅一段香"。

梅花肯定不如雪白，所以"梅须逊雪三分白"，可是梅花却有股清香，所以"雪却输梅一段香"。你想要视觉上的白，还是嗅觉上的香呢？如果你要香，那么肯定梅花好；如果你要视觉上的白，肯定是白雪好。换个说法就是，你要的是什么，你站在哪个角度，可能答案就会不同。

为什么说这首诗对后世的文学评论产生了积极的影响呢？因为后人经常对前辈的诗词歌赋加以评论，有人说李白好，有人说杜甫好，也有人说李杜并列的，你从哪个角度看，你需要的是什么，就会有不同的结论。

如果，从个人情怀的抒发上来讲，李白无疑更加伟大，但是如果从沉郁顿挫的情怀积淀，诗词里面细腻的情感而论，无疑是杜甫更厉害一些；如果从奔放的想象力，李白更胜一筹，如果讲格律诗的工稳严谨，杜甫就更好。这主要在于你从哪个角度去看这个问题，或者说你需要的是什么。

如果将它引申到我们为人处世的态度也是如此。我们有时候说，我讨厌这个人，我喜欢那个人，其实你所讨厌的那个人不一定就坏，只不过他跟你处世方式方法不一样而已。什么事，都是此一时彼一时，不同角度、不同需要，决定了你的不同态度。所以我们说，天地之间没有绝对非此即彼、非好即坏的事，完全在于你的心境和当时的需要。

扫码听音频

题青泥市（萧）寺壁

宋·岳飞

雄气堂堂贯斗牛，
誓将贞节报君仇。
斩除顽恶还车驾，
不问登坛万户侯。

〔释义〕

高昂的英雄气概盛大威武，直冲霄汉。

发誓用坚贞的气节报君王被掳之仇。

斩除敌人，迎回君王车驾，

不为封侯拜将，谋求高官。

【老梁解读】

诗的署名是南宋抗金名将岳飞，但到底是不是岳飞写的，还是存在争议的。不过从诗的内容上来看，确实是这位抗金名将当时的心声。所以很多人认为，一定是岳飞写的。

"雄气堂堂贯斗牛，誓将贞节报君仇。"这时的岳飞，组建了岳家军，一定要"直捣黄龙府，与诸君痛饮耳"。要把淮河以北的失地收复回来，然后到五国城把徽、钦二帝给救回来。

公元 1126 年，发生了"靖康之耻"事件，当时金国攻打过来之后，把徽、钦二帝给掳到五国城去了。五国城在今天的黑龙江省依兰县，当时是金国的大后方。金人把徽、钦二帝囚禁在井里，让他们坐井观天，这是宋王朝的奇耻大辱，也就是"靖康之耻"。《射雕英雄传》里，郭靖、杨康的名字由来就是让这俩孩子不要忘记大宋王朝的耻辱。

那时岳飞想要收复失地，把忠肝义胆都化作奋战的力量，"誓将贞节报君仇"。"贞节"也作"直节"。"斩除顽恶还车驾，不问登坛万户侯。"是指要替二帝朝复仇，铲除金国。"还车驾"的意思是，要迎回宋钦宗、宋徽宗他们的车驾，让他们再恢复过去的荣光。作者的目的不是为了登坛拜将，成为万户侯，而是为了天下苍生，完全为了大宋江山。

有人对岳飞最后被秦桧害死耿耿于怀，咬牙切齿，大家恨那个朝代，恨那个秦桧。其实我告诉大家，岳飞当时的想法是没错，但是他是完全合乎历史发展的规律吗？不见得。岳飞说不是为功名利禄，而是为了天下苍生，那么如果岳飞一定要和金国打仗，对天下苍生到底是好还是坏呢？

那个时候根据秦岭、淮河两边分治，天下暂时维持太平，岳飞当时如果真要和金国打，完全不顾南宋的国情，真的可以吗？南宋整个军事力量、经济力量都差，这时打仗对老百姓来说不见得是好事，你可以"不问登坛万户侯"，但是难免"一将功成万骨枯"。就是说在当时的环境下，岳飞一心打到底，这件事很难讲到底合不合适。

很多人说秦桧害死了岳飞，其实秦桧在一定程度上背了很大的黑锅。你把徽、钦二帝迎回来了，要把这儿的皇帝宋高宗赵构放在哪儿呢？迎回了那二帝，宋高宗就完了，所以他一定不会同意你这么干。何况如果打仗失败了，南宋临安这一带都保留不了了。所以从自身安全角度来讲，宋高宗赵构有绝对的理由把岳飞弄死，只不过得假手秦桧来把岳飞弄死。

因为岳飞是忠臣，皇上害忠臣，谁还忠于皇上呢？所以这个过错不能让皇上背，只能交给下面的替罪羊。谁呢？秦桧。所以后代都骂秦桧，没几个骂皇帝的，其实最该骂的是当时的皇帝。

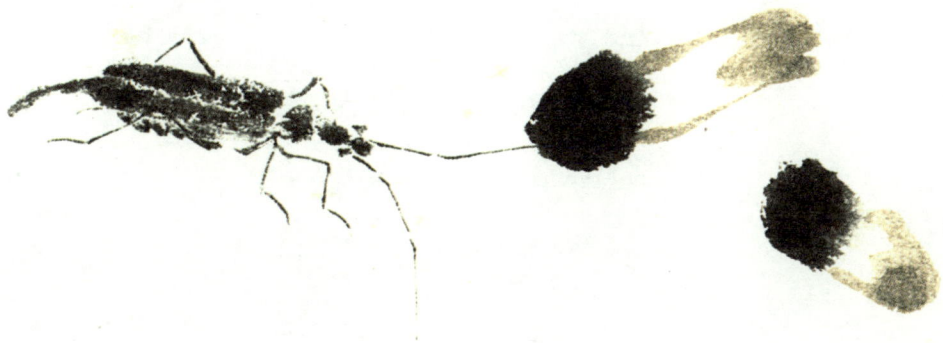

满江红

宋·岳飞

怒发冲冠，凭栏处、潇潇雨歇。

抬望眼，仰天长啸，壮怀激烈。

三十功名尘与土，八千里路云和月。

莫等闲，白了少年头，空悲切！

靖康耻，犹未雪。臣子恨，何时灭！

驾长车，踏破贺兰山缺。

壮志饥餐胡虏肉，笑谈渴饮匈奴血。

待从头、收拾旧山河，朝天阙。

〔释义〕

我满怀愤怒，倚着栏杆，潇潇细雨刚刚停歇。

抬头远望天空，禁不住长声啸叹，一片壮志充满心怀。

三十年的功名成就归为尘土，征战千里只有浮云明月。

不要虚度年华消磨青春，等年老时徒自悲切。

"靖康之变"的耻辱尚未洗去，臣子的愤恨何时才能熄灭。

我只想驾着战车，将贺兰山踏为平地。

我满怀壮志，饿了就吃敌人的肉，谈笑间渴了就喝敌人的鲜血。

待我重新收复旧日山河，再带着捷报朝拜京城！

【老梁解读】

岳飞这首《满江红》称得上脍炙人口，其实不需要我作更多的解读。这里有两句有一些争议，"壮志饥餐胡虏肉，笑谈渴饮匈奴血"，很多现代人认为，这吃匈奴的肉，喝他们的血，是不是太凶残了？其实岳飞在这里只是表达他对敌人的愤恨，这是有典故的。

东汉时期，有一个很有名的"十三壮士归玉门"事件，说的是东汉士兵在和北匈奴作战过程中，战斗到最后撤到玉门关，好几万人只剩下十三个人。这些壮士守城的时候，把城里所有能吃的东西都吃了，这时候匈奴正好来劝降。匈奴派来了使者，他们第一个是要表达自己不肯投降，第二个是为了充饥，便把这匈奴的使者杀后给吃了。这在历史上是真实发生的事。岳飞慷慨激昂的《满江红》中的"壮志饥餐胡虏肉，笑谈渴饮匈奴血"，即典出于此。

后来清朝纪晓岚当了总编纂，编《四库全书》。《四库全书》留下了大量的资料，但同时也把很多书给废了。因为满族是入关后当政的，原被中原汉族称为蛮夷、胡人，所以在编纂《四库全书》时，为了确定大清的正统地位，对"匈奴""胡""夷狄"这些词一律要改。

岳飞这阕词流传千古，不留还不行，不能删掉，那么要怎么改"匈奴肉""胡虏血"的字样？于是纪晓岚就把这词改成了"壮志饥餐飞食肉，笑谈欲洒盈腔血"，改得也挺高明，试图把这段历史给掩藏住。可是直到今天流传下来的还是

"笑谈渴饮匈奴血"，而不是"笑谈欲洒盈腔血"。这说明了文字狱长久不了，历史真相掩盖不住。你可能欺骗部分人于永久，也可能欺骗所有人于一时，但是你不可能欺骗所有人于永久。

【大红妈妈领读】

扫码听音频

寒 夜

宋·杜耒

寒夜客来茶当酒，

竹炉汤沸火初红。

寻常一样窗前月，

才有梅花便不同。

〔释义〕

冬天的夜晚，来了客人，便吩咐人煮茶，用茶当酒，

炭火一点点红起来了，将壶里的水烧得沸腾。

月光照射在窗前，与平时并没有什么两样，

却因为有了梅花，显得格外不同。

【老梁解读】

这首《寒夜》写的是生活中一个寻常的场面，寒冷的夜晚来了客人，这时也不备什么酒席了，以茶代酒。"寒夜客来茶当酒"，说明诗人和客人的关系很近，算好朋友。

"竹炉汤沸火初红"，沏茶要把水烧开，就看着炉子上边这水咕嘟咕嘟要烧开了。"火初红"意思是炭火一点点红起来了，这里"寒夜"和"火初红"形成了一个对比，外边天很冷，但屋里很暖。因为是好友，不仅聊得来，心气相通，还因为来了好友，仿佛这屋里都变暖了，寒夜中是你给我带来了快乐和温暖。

"寻常一样窗前月，才有梅花便不同。"意思就是平时诗人晚上坐这儿喝茶，也没觉得月亮与今天有什么不同，但是今天外面有几束梅花借着月色，将淡淡的影子映到窗上，让诗人觉得这寒夜变得风雅起来，格调高起来了，心情格外地舒畅起来。诗人想表达由于客人的到来，一切都变得不一样了。你是一个高风亮节的人，是我非常仰慕的人，你是一个品质高洁、学问也大的人，你的到来让我蓬荜增辉，但这种蓬荜增辉不是俗气的蓬荜增辉，而是让我心里头都感觉透亮，跟你聊天我感觉自己长知识了。这其实是主人对客人的推崇。

假如平常生活中你有这样的朋友来，但是你诗词各方面也不行，不要说写，连引用也不会，你只能说，哎呀，你学问太大了，我太崇拜你了，我是你粉丝，你给我签个名吧。这是不是显得很俗气？如果这时提起笔，唰唰写一首这样的诗，送给自己敬仰的明星或者朋友，"寻常一样窗前月，才有梅花便不同"。是多么和谐的一个场面。所以告诉大家，多读古诗词，最好是学习写古诗词，非常有利于现代人际关系的和谐融洽。

图书在版编目（CIP）数据

老梁讲古诗词．冬卷／梁宏达，大红妈妈著．—北京：台海出版社，2018.9

ISBN 978-7-5168-2065-0

Ⅰ．①老… Ⅱ．①梁… ②大… Ⅲ．①古典诗歌—诗歌欣赏—中国 Ⅳ．① I207.2

中国版本图书馆 CIP 数据核字（2018）第 190294 号

老梁讲古诗词·冬卷

著　　者：梁宏达　大红妈妈

责任编辑：戴　晨　曹任云　　　装帧设计：仙　境
版式设计：马宇飞　　　　　　　责任印制：蔡　旭

出版发行：台海出版社
地　　址：北京市东城区景山东街 20 号　　邮政编码：100009
电　　话：010-64041652（发行，邮购）
传　　真：010-84045799（总编室）
网　　址：www.taimeng.org.cn/thcbs/default.htm
E-mail：thcbs@126.com

经　　销：全国各地新华书店
印　　刷：玉田县昊达印刷有限公司
本书如有破损、缺页、装订错误，请与本社联系调换

开　　本：880mm×1230mm　　　1/24
字　　数：100 千字　　　　　　印　　张：6
版　　次：2019 年 2 月第 1 版　　印　　次：2019 年 2 月第 1 次印刷
书　　号：ISBN 978-7-5168-2065-0

定　　价：168.00 元（全四册）